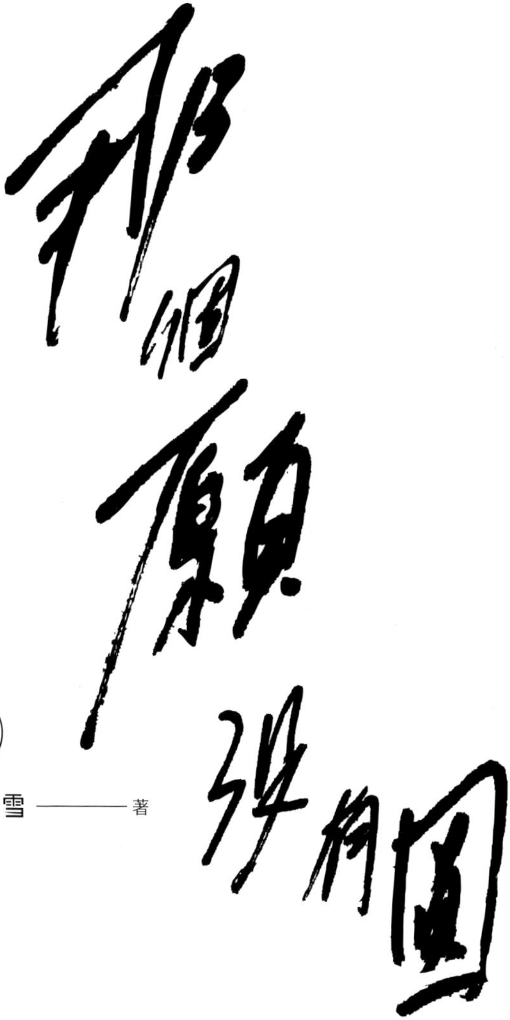

孫慧雪 ——— 著

目錄

Chapter 3 愛情

Chapter 4 這是我

《序》

出版一本自己寫的書籍，是小時候一直以來的心願！回想在讀書時期，成績不大好，只有中文科成績比較優秀，同學都知道我是中文科的「專才」，卽是「專」懂中文科；會考分數不高，也唯獨中文科獨佔鰲頭，也就順理成章靠著中文科得到高中一個學校的特別學位。就連申報大學的申請表上，也只大膽地塡了中文科一項，結果考上了！

所以大學時代，就這樣修修文學、中國哲學、傳媒寫作、小說、詩詞歌賦等，當時心裏千想萬想的一個心願，就是要出一本屬於自己的散文集！

十年前，我遇上一個機會；曾經有出版社邀請我出版個人散文集，但時間短促，他們說可以替我找代筆；但我一個修讀中文的人，多少有點傲骨，如何容忍得了自己找替手代筆，而且當時自己的思想還很稚嫩，對自己的能力也存著很大的懷疑，自信心十分低落，最後就這樣不了了之！這件事情，卻成了自己其中一件人生大遺憾，一直放在心裏未能釋懷，也辜負了當時出版社的信任，在此說聲對不起！

然後，兩年前出版了一本個人寫眞，反應出乎意料之外的熱烈，我曾經安慰自己說，我總算出版了一本個人書籍，但眞的是這樣嗎？這樣就能如願？不行，騙別人可以，但騙不了

自己！在此感謝孤泣給予機會！

對！想寫書，你寫就可以！同樣，想演戲，就演吧！想唱歌，就唱吧！你不踏出第一步，永遠不會知道自己可以走得多遠！

這本書名爲《那個願 沒有圓》，希望以我一些自身故事、經歷、想法與大家共勉，一起闖出一個屬於自己的天地，努力圓滿心裏那個不能放下的願，當你眞的很想很想，便會如願！

Chapter 1

從前從前

1.《許願》

每年生日，
我們都會對著蛋糕上的蠟燭許願，
一年又一年的簡單儀式，
輕聲的和自己心裏那幾秒的對話，
有提醒過你清楚地問問自己，
到底有什麼眞正的心願嗎？

當中有多少個還未完成？
還是你其實一直以來只有一個心願？
那個未完成的願，是想想就算？
還是曾經耗盡努力歇斯底里都想如願？
你可以大力拍拍心口，
毫不悔恨大聲地說句：
「已經盡力了！」嗎？

享受了過程，
追過，
瘋過，
了無遺憾？
放下了嗎？
放得下嗎？
還要繼續堅持嗎？

有誰願意前來分享
我的故事……

2.《很想很想》

我從小，
便有許許多多大大小小千奇百怪的心願，
有些心裏很清楚，
永遠沒有實現的可能，
就發發夢，
想想也覺得高興！

小時候，
總以爲長大後，
有些心願會自然實現！
人大了，
才發現機會並不是等待，
而是靠自己去製造，
並需要不斷付出努力持續實行而達成，

「幸運」只是別人不明白，
或看不到你成功背後，
所付出的一切努力的一種簡稱而已！

當那個願，
沒有圓，
你要問問自己，
會覺得遺憾嗎？
如果會，
就在此刻努力令它實現吧！
當你眞的很想很想，便會如願！
懂得相信，擁抱夢想，是幸福的！
我是一直這樣相信……

3.《外柔內剛》

很多剛認識的人告訴我，我給他們的感覺，都是在溫室長大的小花，像是很需要人保護，經常很柔弱的樣子！

但認識久了的朋友，他們就知道我是野外生長的雜草，強悍得有點過份，也不需要他人爲我操半點心。

我想我應該就是典型的外柔內剛型！

坦白說，其實這樣的性格是有點麻煩的，因爲很多時候，我也不懂得接受別人的好意與關懷！總覺得自己不好意思接受，也沒有資格接受！

這種性格或許多少與我的家庭背景有關吧！

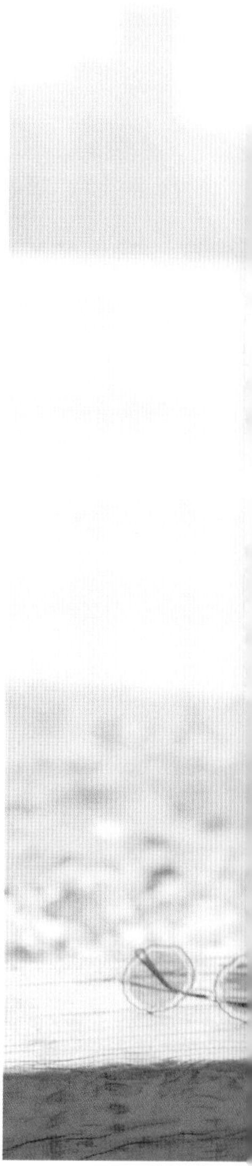

4.《鍛煉》

自懂事而來，爸媽已經分開了。媽媽有自己生活，爸爸要工作養我們，所以從小到大，都是由嫲嫲照顧我，她對我的起居飲食，照顧得無微不至。但嫲嫲始終是老人家，她並不會經常帶我外出遊樂，也不會帶我參與任何戶外活動，所以游泳和踏單車等基本運動，我全都不懂，感覺就是給人蠢蠢的印象！

而很多時候，學校所有的通告、填表、收拾書包等通常由家長處理的事情，我小學已經要自己處理了。遇上功課不懂時，也找不到別人來幫忙，曾經因爲遇上不明白的一道題，害怕漏空題目，而獨自哭了出來，也曾因爲課程逐漸艱深，遇到很深的英文生字，我又得獨個兒躲在房間裏哭了出來，感覺就是遇上什麼都只能靠自己，當時確實是有種孤獨的苦澀。

每次測驗考試，也得靠自己溫習，從來沒有爸媽幫忙出題溫習的那回事！如果出題，我也是得靠自己在關鍵字底下間一條橫線，然後請嫲嫲爲我讀一遍，然後叮囑她在讀的時候，故意不用讀那些我預先間著的關鍵字，這樣我已當作是家長的問書環節了！

從前的我，眞是又乖又傻，完全沒有想放棄功課和讀書的念頭，就這樣，每天練習自己爲自己負責，久而久之，練習出那麼一份特重的責任感！性格也是遺傳自嫲嫲那種不拘小節的特質，特別堅強！

5. 《嫲嫲》

在許多訪問中，我經常提及我的嫲嫲，那是因爲她是我生命中最重要的人。沒有她，也就沒有現在的我。

我自小由嫲嫲帶大，我們的感情深厚得很難用三言兩語來形容；我們的相處模式很有趣，有時像朋友，有時會吵架；有時她會咬我、打我，非常兇，有時我們會黏在一起很甜蜜。

她是一位心地善良、勤勞、吃得苦、性格樂觀又幽默的人，我身邊的朋友都很喜歡她，她對我影響很深，無論是喜好和性格、以及做人處世的態度、我都是從她身上學習！

小時候的我，很害羞、沒自信，不多話又很內向，只知道全天候黏著她，連去洗手間也是！但在她眼裏，她總認爲我是全世界最好的！她更每天都像催眠一樣地跟我說：「你知道嗎？無論你想要什麼都可以實現！所以你要往好處想。」這句說話像魔法一樣！

那時候家裏很窮，我一直很想擁有一張書桌，大約五年班的時候，我終於擁有自己第一張書桌，嫲嫲對我說：「這是你從小一直想要的，你看，現在就有了，只要你很想很想，事情就會實現，當中只是時間的問題！但記得得到了便要好好珍惜！」

所以我對所有得到的都很感恩，也很珍惜和滿足！當時我也以爲自己眞擁有成就一切的超能力，從來沒有因爲家裏貧窮而自卑，因爲我深信所有事情都會逐漸好起來！這都是嫲嫲教導我的！

她就這樣，訓練了我人生正能量的思考模式，她又經常提醒我要自愛，不要辜負家人對我的愛，這令我經常想要變成更好的人！

每次挫敗時，嫲嫲總是那個站在我的角度，最能明白我心情的人，她和我一同快樂，一同憂傷！開心的時候，她會不理別人的眼光，抱起我在街上轉圈；在我傷心難過的時候，她的眼淚會比我更快流下；有時候，她會很貪玩，等到紅綠燈最後的打燈訊號響起，便牽著我的小手衝馬路，她說這樣是刺激；她又喜歡到人多的地方擠來擠去，她說這是感受熱鬧；她教會我用心享受每一個生命裏的時刻。在貧窮時，就一起造個當有錢人的白日夢，這是很有趣的；較富足時，毋須奢侈，留著來幫幫別人，加些餸菜吃些好吃的，就已足夠了！

每每跟她在一起，都是這麼的快樂！我覺得自己人生最幸運，就是擁有像這樣的一個嫲嫲，她令我學會什麼是愛，以及對生命的熱情！

可以就這樣一輩子不
放開你的手嗎？

6.《我的爸爸》

記得唸幼稚園的時候，最喜歡爸爸了，每天都很期待快點到星期二，因爲那是爸爸的休假，我就可以見到他！

記得有一次，老師宣布讓我當班長，那天剛巧是星期二，我興奮到回家脫鞋飛奔直衝到床上，不停彈跳，大叫：「爸爸要回來了！爸爸要回來了！」因爲我想第一時間讓他看看我的班長章！

那時候的爸爸很年輕，只得二十多歲，他高大皮膚白，樣子帥。特別記得有一天，爸爸不用上班於是由他來送我上學，就在那天上課中途，有位鄰班的老師突然走進我班裏問：「誰是孫慧雪？」我舉手。然後她說：「沒事了！」班主任便問那位老師：「孫慧雪怎麼了？你找她幹什麼？」然後那位老師說：「其他老師今天看見她爸爸送她上學，都說她爸爸很英俊，所以我進來看看誰是她女兒！今天放學要特別留意她爸爸有沒有來！」然後我班主任馬上一臉正經，叫那位俏皮的老師出去。

雖已是孩童時代的事，記憶卻特別鮮明，因爲那是令我覺得很驕傲的事！以後每一次爸爸來接送，不論是往補習班、送到校車車站、或是學校門外，我都特別想讓老師和朋友們知道，那是我爸爸！

在我心裏，我是超級喜歡爸爸的，但因爲太少見面，所以很害羞不懂表達。印象依稀記得有一幕，爸爸坐在椅子看電視，我爬上去爸爸大腿上坐著，然後用兩隻小手捉住他的手。這已是兩父女最親密的一次。

還記得，有一次放學後，他帶我到華豐百貨，買了一隻音樂上鏈公仔給我，公仔的頭還會隨著音樂轉動，那個美妙的音樂是《世界眞細小》，我一邊替公仔上鏈，一邊聽著音樂，和爸爸一步一步走著那條長長的階梯回家，那是爸爸第一次帶我去買玩具。我將那隻公仔珍而重之，一直不敢常開，怕會弄壞，而這份記憶，我也一直珍而重之。

但漸漸長大到小學、中學的時期，爸爸卻變得非常嚴厲，像變了另一個人似的，什麼事都會對我大罵一頓，幾乎每次看見他，都會被罵到哭。每次知道爸爸回來，我就變得很驚慌，嫲嫲每次都要跟我勾手指尾說：「今天要勇敢，不要哭！」這樣的變化，使得每次聽到爸爸回來的門鎖聲，我都馬上飛奔上床上蓋被子裝睡！直到有一次，爸爸回來很生氣，一手揭開我的被子扯我起來說：「你以爲我不知道你每晚裝睡嗎？」

一直不明白爸爸的嚴厲，直到眞正長大後的我，才明白這是爸爸對孩子的著緊和愛，爸爸是最偉大的！

7.《「演」根深種》

嫲嫲雖然人很有趣，
但對我有時候會過度保護，
她不讓我和鄰居玩耍，
也不讓我跟朋友外出。

而且我又是獨生女，
沒有兄弟姊妹陪伴，
所以很多時候在家裏，
眞的是一千萬個無聊，
我的童年生活就是：
每天跟著嫲嫲到街市買菜，
然後回家，
回到家裏，
她就忙碌地準備晚飯，
我其中的娛樂就是在她摘菜時，
在旁邊用她摘下不要的爛菜當道具，
扮小販在家裏大嚷：
「十蚊斤，你要唔要呀？
唉！見係你，
平啲啦，
八蚊俾埋你！」

可能喜歡做演員的根就在這時深種！
而最大的恩賜時刻就是「看電視」，
經常看到自己一人分飾幾角，
更會模仿不同角色在追逐；
如果剛好迷上一套古裝片，
就會用橡筋幫自己紮好多條辮子，
企圖扮演古裝人！

還記得有一次，
我趁爺爺在睡覺，
便在他的床腳下的茶几上，
放一個杯，
內裏插著三枝筆當做拜祭的香，
自己站在呼拉圈內，
手拿玩具劍，
劍上插著一張自家製作亂畫的符紙，
然後亂舞！

對！
我看得殭屍片太多，
上腦了！
把自己當道士，
把爺爺當……

結果，
這場景剛好被姑母上門探望時撞破！
隨後當然是一輪責備：
「你知道不可以這麼玩的嗎？」
現在回想起來，
也覺得自己當時實在年少無知！

不想長大。

8. 《漫畫是靈丹》

很多人都訝異於我「宅女」的性格，
說看上去不像，
但我就是喜歡待在家裏做做手作，
摸東摸西收拾一下自己收藏的小東西，
心裏就能充滿愉悅；
每當我有煩惱或心情鬱結的時候，
我便看漫畫來調劑一下那種心裏的鬱悶！

當沉醉於漫畫世界裏，
彷彿世上的紛擾煩瑣，
都與我無關，
多爽快喔！
如果有幸租了一整套完整漫畫回家，
我就可以待在房間裏，
不吃不喝不眠不休地把它們看畢，
方能罷休！

這時候，
必定聽到嫲嫲的一句：
「多大了？還看公仔書！幼稚！」
但同是漫畫迷的你，
會明白的！

9.《迷上一樣東西總有原因》

漫畫世界實是有其魅力，
喜歡上是始於小學時候。
印象非常深刻的是，
每當學校開始放聖誕節、
復活節、暑假等長假期，
同學們總是興高采烈，
而我則在心裏納悶。

同學們開心是正常，
因爲他們可以跟自己的家人，
在假期裏進行一系列的精彩活動，
回來便爭相嚷著要分享，
什麼日本遊、歐洲遊的！

那時候，
我甚至以爲自己這一輩子，
都不會有坐飛機的機會！

因爲我，
就只有跟著嫲嫲到醫院探望爺爺的份兒！
爺爺他身體不好，
中年時候已得癌病，
他堅強地戰勝了病魔，
但晚年卻因爲肺部功能差，
三不五時就要進醫院幾天或幾星期不等，
每次出院，
過兩、三天便要再進醫院；
無論生病的日子多長，

嫲嫲仍然堅持每天親自煮菜帶往醫院，
對爺爺悉心照料，
每天一去便是幾個小時！

那放長假的我，
沒人照料就當然必須跟著嫲嫲，
但當時的我年紀小，
病房有禁令，
十二歲以下小童不能進入，
所以只能待在大堂等候。

待在那兒的都是胸肺科病人，
他們大多都呼吸不順，
看著有些狀甚痛苦的病人，
勉強撐起自己軟弱的身軀，
一邊呻吟、
一邊散步，
心裏多少有點恐懼，
而且天天如此，
那些景況已深印腦內，
至今仍然未忘！

每天待在這種情景下兩、三小時，
我都在做些什麼？
貼心的嫲嫲每次在探訪前，
總會讓我到書報攤揀選一本喜愛的漫畫，
以慰寂寥！
就這樣，
成就了我這個漫畫迷的一條不歸路！

10. 《爺爺的大愛》

爺爺除了身體不大好，
耳朵也是聽不到的，
所以我們雖然同住，
我跟他卻幾乎沒溝通，
但我知道他非常疼愛我！

還記得唸小學的時候，
學校有小賣部，
每天看見同學們，
可以有零用錢買好多零食的時候，
心裏就很羨慕！

有一天，
我很早就醒來，
看見家人都睡得好夢正酣，
突然映入眼簾的，

是爺爺那放在床邊茶几櫃上的零錢包！
我靜靜地走過去，
伸手拿起那個啡色皮的零錢包，
用小手戰戰兢兢，
屏息住氣地打開鈕扣，
就在那刻，
不遲也不早像電視劇橋段一樣，
爺爺睜開一雙大眼睛看著我！

唉！
我果然是沒有做壞事的命，
那時候，
心臟跳動得快要爆炸！
心裏第一個念頭彈出：
要是嫲嫲知道，
我死定了！

爺爺這時卻拿回零錢包淘出五元，
往我的小手裏塞，
問我還夠不夠？

這是我頭一次體驗爺爺的大愛！
不是因爲那五元，
而是爺爺知道，
卻不拆穿！

最後我拿了那個五元，
請了全班同學吃蜜蜂糖！

11.《聽不到的說話》

可能因為生活匆忙趕急，
我習慣了用五分鐘時間，
來「鯨吞」一大碗飯，
把吃東西用「倒進口」來形容，
絕對不錯！

你怎麼可以想像得到，
小時候的我，
卻是飯含在嘴裏，
就是如何咀嚼都嚥不下的那種小孩！
爸爸難得和我共進午餐，
也看得火大！
突然就一掌拍擊在桌上，
那年我只有六歲，
頓時淚如雨下！

當時爺爺在我背後，
完全不知發生什麼事，
竟也和我一起哭了出來；
因為他耳朵是完全聽不到，
單是用看的，
來猜想整件事情的來龍去脈，
原來他以為孫女吃飯時，
不小心哽到喉嚨辛苦，
所以哭起來！
結果他心痛到流淚，
哽咽著說：「我孫女哽到喉了！」
爸爸即時拍拍其背安慰，

並揮手示意孫女沒事，
結果爸爸無奈地對我說：
「怕了你，你慢慢吃吧！」

後來，
到我初中的時候，
爺爺那一次在醫院，
再也回不來了！
當時我並沒有在別人面前哭，
卻躲在廁所裏哭了！

爸爸說：
「爺爺臨終前，
叮囑爸爸，
千萬不可以動手打他唯一的孫女！」
爺爺還是那麼記掛著我！

12.《同住的阿叔》

小時候，和我一起住的還有阿叔，他是我爸爸的孿生弟弟，無論樣子和聲音都跟我爸爸很像，就是性格不太像！

我和阿叔的感情很好，小時候經常捉著他陪我玩，他喜歡健身，我就要他用力展示大手瓜，然後我就兩手抓著他的大手瓜來盪鞦韆！

他是一個很有趣的人，我第一次買來了一隻小小的白兔，他爲了作弄我，說白兔看上去很像飯團，二話不說就張大嘴巴，將那隻小白兔全放進口裏去，嚇得我馬上拍打他，要他吐出來，然後他吐出來說：「還你！」我一摸，可憐的小白兔全身都沾上了阿叔的口水，所以我一直覺得阿叔是一個很傻的人！而爸爸卻經常說，我的壞行爲全都是從阿叔身上學來！

除了有趣和有點傻，他是一個心地非常善良的人，經常爲了幫朋友而難爲自己！他可以將儲錢很久才買到、只戴了一天的名貴手錶，因爲朋友說生活有困難而馬上脫下來送給人家；看見乞丐很可憐，他會將錢包裏的錢都全給人家。我問他爲什麼要這樣做！他說：「自己反正都是窮，不如幫幫別人！」

除此之外，阿叔也是一個動物痴，十分喜歡小動物，小時候家裏養的貓，也是他在街頭看見一群小孩欺負牠而拯救回來的！至於怎麼拯救，他沒有罵那群小孩，他是每人付幾元來打發他們，就抱了那頭小貓回來！在家裏，他也養了很多魚和一頭巴西龜。在我看來，他擁有著和動物溝通的能力，這是我一直都覺得很神奇的，他曾經爲快要死去的魚兒作人工呼吸，救回了那條魚兒的生命；只要他撻撻手指，便能呼喚我們家的龜妹妹和他親吻！每次和朋友們說，他們都半信半疑，直至看到我叔叔本人，才相信我的說話！

現在，他每天都會托一大包的貓狗糧和很多的樽裝水，風雨不改地，到處餵飼流浪毛孩！當別人說我有愛心的時候，我都會想，大概與阿叔相比，我只承傳了他的十分之一而已！

13.《我第一隻小狗阿力》

自小最大的心願是擁有一隻小狗，爸爸經常說：「如果你考到第一就送給你！」可是我怎麼努力，最厲害都只考到過一次第二！所以養小狗這個夢想，對當時的我來說，眞的像宇宙般遙遠！最後，卻由我那個傻瓜阿叔實現！

阿叔問我：「是否很想養小狗？」我說：「是呀！」然後阿叔說：「跟我來！」我就跟他上了朋友的家，他朋友家門一開，一堆小狗就跑了出來，然後我們馬上走進屋內，那些小狗們都跟著我們走回屋內！

牠們每一隻都超級可愛，眞的忍不住要跟牠們瘋狂地玩一輪。臨走時，我問阿叔的朋友，其實你要給我們哪一隻，他兩夫妻才發現要給我們的那一隻不見了，找遍全家，最後打開大門時，有一隻小狗才施施然地步入屋內。

原來我們進屋的時候，就遺下了牠，一直把牠困在門與鐵閘之間，但牠卻不慌不亂，完全沒有吠過一聲！我和阿叔對望，然後問他：「我們眞的只能選牠嗎？」

最後也是興奮地把牠帶了回家，我問阿叔：「小狗叫什麼名字？」阿叔說：「叫阿力，有氣有力！」眞讓人摸不著頭腦。小狗自始便叫阿力，我們用紙袋把牠隱蔽地帶回家！因爲當時的家是不准飼養小狗，我們只能偷偷摸摸地把牠養在家中，但他也很乖巧，完全沒有在家裏吠叫，所以我一直以爲牠不懂叫的！

直至有一次，爸爸因爲我默書成績不好，而狠狠地罵我一頓，阿力突然向爸爸大聲吠叫，好像喝止爸爸不要再罵，然後跑過來安慰我！像這樣保護我的事件，說幾天也說不完。只可說，我和阿力是心靈相通，不能分開的！

後來搬家了，搬到一處可以養小狗的住處，我便再無忌諱，無論去到哪裏，都帶著牠！我很幸運有阿力一直以來的陪伴，牠是我生命裏最忠心可靠的伙伴，心裏一直感謝牠爲我們家，帶來很多歡樂，也爲我的童年帶來了無限溫暖！自從有了牠，我不再感到寂寞。

在我二十四歲的那年，牠走了，卻一直住在我們的心裏，我們全家人都對牠永久懷念！

14.《對媽媽的印象》

很多人都很好奇地問及我媽媽的事情，
對於媽媽的印象是，
大約十七歲那年，
我們便沒有再聯絡過，
自少我已沒怎麼見過她，
和她外出的次數大約只有十多次！

記得自懂事以來，
婆婆久不久就過來接我去玩，
但每次去到的時候都看不見媽媽，
於是我就求婆婆幫我打電話找她，
她經常在電話裏應承會來找我，
可是日子一天一天過去，
她也沒有來，

但孩子仍會把大人胡亂許下的諾言
信以爲眞。

於是，
當我收到第一部遊戲機的時候，
我堅持把它收拾在小背包裏，
自己不玩，
也不許別人亂碰，
怕電池耗盡，
媽媽來到便不能玩了。

農曆新年的時候，
我會把全盒裏很好吃的糖果收起來，
珍而重之，

留著不吃，
再瞞過嫲嫲的法眼，
偷偷地放進小背包裏去了，
爲的是要留給媽媽吃。

最後是遊戲機的電池耗盡了，
糖果也全都在小背包中溶掉了……
我被嫲嫲痛罵了一頓，
但她也不知道！

當天説好了的承諾，
今天又要讓誰來兌現？

15.《塗鴉》

如果你懂我，
大概你會知道我喜歡畫畫，
我小時候第一件喜歡的事情是畫畫，
人生的第一志願是當一名畫家！

家裏的牆壁和床單都成爲我的畫紙！
我有點不能自控地，
只要看到有一丁點的空白地方，
便會胡亂塗鴉，
可能是某種病態而不自知吧！
家裏也沒有人阻止，
只要我是身處安全區域就可以了，
嫲嫲每天會給我兩本拍子簿，
而我每天都把那兩本拍子簿，
畫得滿滿的！
練習果能造就完美，
我竟拿了班際的繪畫比賽冠軍！

可是有一天，
姑媽跟我說笑：

「你知道嗎？
通常畫家要死後才能成功！
你要想清楚是否眞要當畫家？」

我當下便決定放棄當畫家了，
我眞是個太認眞考慮大人玩笑的孩子！

16.《不煩你了》

記得小時候的我，特別喜歡逞強，很喜歡替嫲嫲拿一些很重的東西，例如三枝裝的煮食油，或五公斤的米。爲了減輕她的辛勞之餘，也想她開心自己有個多孝順的孫！

那時，我二年級，正替她拿著兩包大米，兩手左右各提著一包，我故意說：「好輕呀！」然後和她繼續談笑，往超級市場的大門走著！

那個超級市場的出口，有著長長的樓梯，就在我步行到一半的時候，遇見了一位同校的五年級學長，也是我當時的校車車長，我對他禮貌地微笑了一下！然後小小的身軀就繼續提著兩包米，往門口走了！

可能當時的我很瘦弱，看上去太可憐吧！第二天，那位學長竟然在我上校車的時候，突然塞了一個紅封包給我說：「內裏有一百元，你拿去，當上契利是，以後你就當我的妹妹吧！」突然遇到這些事情，我當刻便回絕了，也不和他說話！

不說話並不是因爲討厭，而是我完全不知所措，不知道應該給他什麼樣的反應！也不知道爲什麼他要這樣做，難道是覺得我好窮、好可憐嗎？然後由那天開始，每逢一放小息，他都衝過來我班房門口，問我想吃什麼零食，我一如以往地不作一聲，他說：「我每天也會來找你問一遍！」

之後的每個早上，在我上校車的時候，因爲他是車長，負責派位，每天都安排我坐在已預先放了一包零食的座位上！這應該是我人生第一次的感動，但我並沒有拿走，仍舊裝作什麼都不知道。

直至有一天，有一位與他同級的女同學，發現了座位上的零食，正想拿來吃的時候，他突然開口阻止她：「不要碰！」

女同學好奇問：「爲什麼？又不屬於任何人！」

學長指著我說：「是她的！」

那女同學卽時問學長：「你怎麼知道？」

學長說：「我就是知道！」

女同學問我：「是你的嗎？」

我卻一點也不猶疑地說出了一句：「不是我的！」

天呀！我怎麼可能這樣說，也太過份了吧！因爲當時懦弱的我，完全不懂得如何處理，我心中實在生氣自己這樣回答，其實我內心，是充滿感謝的！但小時候的我，就是不懂表達，也認爲自己沒有資格接受任何好意和恩惠，對著學長的時候就只有不說話。

日子久了，他以爲他的行爲令我十分討厭，有一天，他走過來認眞地對我說：

「我再也不煩你了！」

WPM
WELHOME PRO

今天長大了的我，想和那位學長說一聲，欠了你這麼久的一句：「謝謝！」

那是頭一次深刻感受到，家人以外的關愛，你是一位心地善良的人！我到現在還爲自己如此沒有義氣而生氣，一直後悔沒有站出來說一聲：

「那包零食是我的！」

17.《育成遊戲》

可能你不知道，從前我可是那種，會不眠不休地沉迷玩電腦育成遊戲的人。未到結局，心裏總是囉囉攣的！於是就一口氣打到結局吧！哈哈！所以現在都不讓自己碰這類遊戲了。

在我喜歡的電腦育成遊戲裏，我最喜歡玩《明星志願》！有時，我幾乎認爲自己是迷上了《明星志願》，才跑去娛樂圈工作！而很有趣的是，當眞正成爲了演員，你會發現遊戲與現實眞的好相似，像進入遊戲模式一樣，兩者都需要用時間鍛煉，當一步一步建立自己的技能時，你會遇上某些人，某些事，某些機遇，然後又會突然發生一些事件；當你做錯了某些事，你就不能成就某些計劃，又或是失去了某些東西！

不同的是，遊戲裏可以用快捷途徑出招「挫」錢「挫」技能，但人生卻要腳踏實地付出令自己「升呢」；當遊戲輸了或情節不合心意，按一個掣可以重新再來，但眞實人生卻需要一直咬住牙關一直走，跌倒了、錯過了，都不能按一個掣地把它關掉，而要繼續走下去！而且未到最後也未知結果！

所以人生其實比遊戲實在是刺激多了！我們前面就只有一條路，就讓我們全心全意地認眞走下去吧！

Chapter 2

戲如人生

Canon

18.《人生的角色》

常言道：「戲如人生，人生如戲！」所言甚對！

唸大學的時候，我是劇舍成員，最難忘的一次，是學期末，大家都百分百地投入籌備一場大匯演，還特地租了一個眞正用於舞台表演的場館，那是我們劇舍一年一度的盛事！

當年的我興奮地叫了爸爸和嫲嫲一定要來看！而那時所表演的劇，是由演員自己撰寫，一幕幕屬於演員自己家庭的眞實故事，一連串和家人有關的片段，充斥著每個人都經歷過的熟悉情景！而身爲演員的我，會不時在不同的故事中穿插，有飾演女兒的、有飾演姐姐的，也有飾演母親的！

觀衆們的反應比預期熱烈，當表演完結，我立即衝到家人面前，期待著他們的觀後感！

爸爸說：「嘩！好精彩，想不到我女兒的演技這麼好！有一場你當媽媽的，我一直擔心，心裏一直在想，你都沒有媽媽，怎麼會懂得演？想不到你演得很出色！」

當時的我聽了之後，才知道原來爸爸一直對我這個單親家庭長大的孩子，有這種擔心，這是當時的我從來都沒有想過的一個問題！

很多人都問我，沒有媽媽的感覺如何？有傷心嗎？但我可沒有什麼很難過，或憤怒的情緒，只是有些時候會尷尬，例如面對某些功課題目：「我的媽媽」。

又或者是有些人總很喜歡問，「你媽媽有煲湯給你嗎？」、「你媽媽沒有教你保養嗎？」我眞的不懂得怎樣的回答才叫圓滿！經驗告訴我，照直回答「不好意思，我沒有媽媽！」，通常換來的，是別人的一臉錯愕及一連串的疑問。

到人生終於來到自己懷有孩子的時候，我才眞正意會到爸爸的擔心和疑問，自己心裏也不禁常問自己，究竟我懂得做好人生裏「媽媽」這個角色嗎？擔當媽媽其實是怎樣的一回事？我眞的可以做得來嗎？我的心不斷問自己，我怕自己不懂，也怕擔當得不稱職！

爲此，我買了很多育兒書及教導孩子的書，但原來當你懷著孩子那一刻，你的母愛就已經自然而生，你所給予孩子一切的著緊與關愛，是無人能及，是再自然不過的事！而我，是衷心喜歡這個角色，並要用一生來演好！

人生裏，我們就像演員，面對著不同的人，擔當著不同的角色，我會是我爸爸的女兒、我祖母的乖孫、我丈夫的妻子、我老師的學生、我朋友的手足、我姊妹的閨蜜、我兒子的媽媽！

每一個人生裏的角色，都是極其重要，每一幕的相處，都讓人珍而重之地懷念！當有天走到最後，回望時，我想沒有後悔和遺憾！我正在學習演好戲裏每個角色的同時，也正學習演好人生的每一個角色！

19.《相信自己》

記得當初入行當演員的時候，
很擔心要做跳樓或跳水等動作，
怕自己克服不了恐懼，
做得不好！

但當時有位前輩和我說：
「當你作爲一位演員，
到埋位的時候，
導演一句『Action』，
就算你不懂游泳，
都會當下立即跳入水！」
說得好像有點誇張，
確實是不錯的描述！

「Action」就是演員的咒語，
而我也漸漸體會到這個奇妙的魔法！
箇中的大道理，
就是要「相信自己」，
你必然可以做到！
而且可以做得很好，
這是當演員後，
所給我最大的領悟和得著！

千萬不要否定自己，
這只會束縛了自己的思想和力量，
只要「相信自己」，
你不會因缺乏自信而變得自負，
也不會做出不尊重別人的行爲，

只要用「相信自己」作爲生活的力量，
便能更接近和達成自己的理想，
拓展自己的潛力，
得到如願的力量，
令自己的生活越來越精彩！

我不容許自己會有退縮和
沒有進步的一天。

20.《技能解鎖》

從前的我，是很怕很怕跳舞，但綜藝節目卻絕不能少了跳舞的元素，所以這是入行後必須接觸的一環。但總覺得每次的排練，任何人都比我早很多就熟練了舞步，只剩下手腳不協調的我，還未能跟得上步調。

在還是身爲「粥、粉、麵、飯」中的阿飯年代，每一次錄影《美女廚房》，都會有一首重新塡詞的歌曲作開場；所以每一集，我們都需要學會一首新歌的舞步；而每一次，最多只會給我們兩小時作排練！因爲一場錄影，實在還有太多需要準備的東西！

但兩小時學會一隻舞，對於完全沒有跳舞經驗的我來說，是一個相當大的挑戰，每次做節目，就像闖關一樣；每次都得迫自己緊記著舞步，而正式表演時，都不禁膽顫心驚！

然後有一天，監製突然對我說，他選了我和其中一位原本跳舞就很出色的夥伴，跟主持人們一起到馬來西亞的演唱會表演，而我的職責就是當其中一位舞蹈員！

舞！蹈！員！

你夠膽說不嗎？

得到這個機會是值得振奮的！但對當時的我來說，眞是晴天霹靂！

從前的我，就是這樣，未開始，便認輸！但身爲演員，無論如何，你都要硬著頭皮衝過去！結果我用了一段短促的時間，密集式地不停努力排練，結果演出當日，非常順利。

一次又一次的技能解鎖，強壯了我一向脆弱的心靈，改變了我本來那妄自菲薄的性格！

未入行前，我絕對不相信自己可以短時間內，背誦到兩頁的稿並演譯它，也不會相信自己可以做到一系列的艱難武術動作，也莫說要充滿自信大踏步走到舞台上當舞蹈員！

但當任務一安排到你手上，你知道是必須要完成時，便會發揮自己從未發現的強大小宇宙！在無數次的實驗中，令我看見從未看見的自己；每一次的技能解鎖，令我更加相信自己！

重新認識一個未曾發掘的自己！

所以記著，不要一開始，就說自己辦不到！只要相信自己，付諸實行，任誰都可以做到！

21.《血淚史》

上了《兄弟幫》，
訴說了入行十多年來的一些血淚史，
結果觀眾很喜歡，
網上平台多了粉絲說看到這集節目，
對我認識深了，
欣賞我的堅持，
所以追蹤我！

原來大家都喜歡熱血的追夢故事。
其實入行久了，
你會明白，
不喜歡根本不能堅持下去，
說眞的，
如果只是單單地想成爲「明星」，

過一些你幻想出來的生活，
那根本不可能留得下來撐得住，
這一行需要的是有心人！

記得在訓練班，
有位導演當我們的老師，
他看我表面很柔弱，
他跟我說：
我看你也是靠樣子的女生，
如果你根本沒能耐捱得住，
我勸你現在就走吧！

當時我只想急著解釋「我不是！」，
但時間才能證明一切，
結果不經不覺，
今年已經是入行後第十四個年頭，
眞的不容易，
但我會繼續走下去，
因爲我熱愛我的工作，
熱愛我的演員夢！

House
51 Tung Street

22.《堅持》

入行後，成長了！才明白很多事情不是靠嘴巴來說服人，一切皆以時間和行動來證明，當中靠的就是一份堅持！並不斷提醒自己，少說話，多做事，你的能力才會讓人信服！

最初入行時，可能自己的外表是比較安靜，也看似比較柔弱的那種，雖然知道自己一向倔強並強壯有力如男生，但那種外表給人的錯覺，是一種障礙！

記得那已經是入行三、四年，有場戲，副導演找我來演一個惡女人的角色，當時一位前輩演員看到我，就馬上罵那個副導演說：「你怎麼選人，唉！她怎麼可以惡得了，這場戲一定要拍很久了！」

從來的我，都沒有想太多，
只要是喜歡的事情，
便拼命去做！

其實收到劇本的那刻，我已經練習了很多遍，於是我很用心地，把準備好的都演出來！當時我的內心，也很怕演得不好，便得失了前輩，又怕連累那位揀選我的副導，於是我盡全力將惡形惡相表露無遺，拍攝完了後，那位前輩竟然跟我說：「不好意思，剛才看低你了！」我內心頓時感到非常欣喜，因爲努力得到了認同。

一路上走來，越來越明白到，當別人一時間未明白你，或誤解你，不用焦急，就用時間和行動來告訴別人，就可以了！別人未曾認同你，也一定有所原因，那就踏實地用時間琢磨自己。當別人都認爲你沒有堅持的能耐，那就必須加倍地努力，顯現出加倍的能耐，一直堅持到，有一天，讓大家都認同！

23.《死屍》

剛入行的時候，飾演最多就是受害人，然後整套劇集都是以死屍亮相！

《秀才愛上兵》裏我所飾演的死屍，也可算是我飾演死屍以來的代表作，劇中這條屍是一件證物，需要不停在劇集裏穿插，女主角和官兵們想盡辦法，希望可以將我這條屍體掩人耳目，成功運送，令其順利呈上公堂。在運輸過程，我會被檢驗、被水淋，會放進滿佈鹹魚的鹹魚箱、綁在稻草裏扮稻草人，並有很多打鬥場面，將我在空中拋來拋去，因而經常吊威吔而受傷。

那次，眞的不容易！

記得當時，爲了製造出我在高處被拋來拋去的場面，我需要站在一個相當高的箱子上，然後跳起，身體再往後跌下去預先準備的墊褥上。但因爲我演的是死屍，所以全部動作都是合上眼去做，而且要表現出沒有生人的力度，對當時從訓練班剛出來的我來說，眞的是一大挑戰。因爲我對動作戲，完全不熟悉，而且要合著眼來完成，其實一點安全感也沒有，但我咬緊牙關，合上眼就一鼓作氣往下跳；合上眼，便想也不想一下子將身體往樹上撞；合上眼便將身體交由武師們，吊高在半空中飄盪！

其他要睡棺材、睡牛糞、睡鹹魚箱，已是小事，有一場戲，我是全程睡在荒山野嶺的泥

土上，蓋著白布，白布與地面之間的小小距離中，有十多隻飛蟲在蓋著我的白布內，不停拍翼往上往下飛，還往我的臉上、手上撞來撞去；但由於外面的演員還在講對白，爲了不騷擾人，我就一直合上眼，咬緊牙關，裝作什麼都聽不見看不到，這樣又過一關！

最辛苦的一場，我之前也曾在訪問時提及過，就是將我綁在十字架上，然後面上鋪滿稻草，將屍體扮成稻草人一幕；在螢幕上，可能只有幾秒的鏡頭，準備過程及拍攝的時間卻比想像中長很多！

當時道具手足把我綁起了，準備好一切之後，劇組卻發現遺漏了一個鏡頭未拍，他們要趕緊往草原的另一端去，但又怕如果先將我放下來，會浪費了一些時間和功夫，可能未必趕得及在有日光的情況下完成，於是在猛烈的陽光底下，我在稻草人的十字架上足足綁了三個小時，到放下來的時候，手腳也麻了，當紮在胃部的麻繩鬆綁之後，馬上忍不住吐了！當晚，面上也因爲稻草敏感而出疹，痕癢難耐！

其實這些辛苦經驗，很多人都有，甚至比我更辛苦。一直是怎麼走過來？我告訴自己，其實辛苦的時刻一定會過，而且過了之後，任你再回想也不會再想得起那種辛苦感覺，但在回憶的過程中，因爲眞的經歷了，而感覺踏實，這相當不錯喔！

我很感恩當時有這樣的機會，去告訴大家，我也是挺捱得的！當時同劇演員還說，要頒一個敬業樂業演員獎給我！因爲他們看見我，從頭到尾都是笑著去做！

對呀！因爲我眞的熱愛演戲！

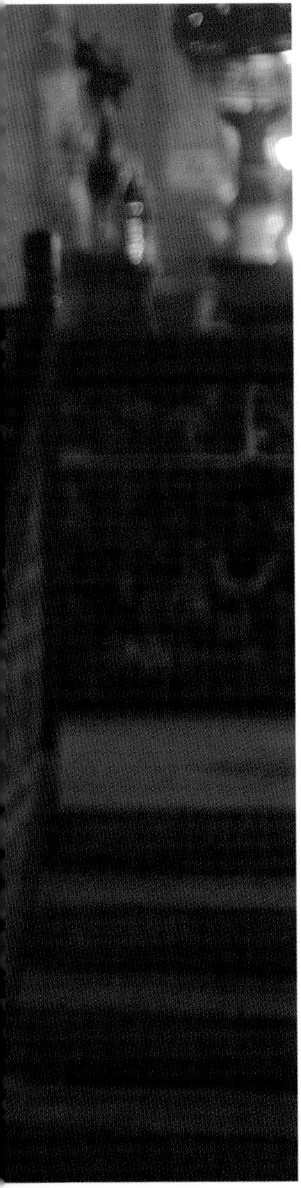

回望那時候的自己，
的確充滿稚氣，
但卻滿有傻勁，
我喜歡這樣的自己。

24.《驗屍》

還有一次當死屍的有趣經驗想分享，大家有看最近深夜電視上重播的《法證先鋒II》嗎？我飾演被變態連環殺手殺害的李美琪，在這套劇，我出現了兩次，第一次出現便遇害了！第二次出現是驗屍！

在拍攝遇害情節時，兇手要將我的頭撞上牆壁爆血而死，當時道具手足只準備了一包血漿，爲了不失手，導演要求武師，要將我的頭狠狠地往牆上撞，不然血漿不能爆出效果！道具手足給我一塊很薄的紙板說會很卸力，就貼在石屎牆上開始拍攝了。一下子，頭撞在牆上，大家都說效果很好，而我那時候，暈眩到站也站不穩，同事們說很正常，你才知道拍攝受傷其實是再正常不過的事！

到驗屍的時候，以爲是比較輕鬆的部份，但原來要裝作一絲不掛睡在鐵板床上的感覺，也挺深刻。

電視城拍攝廠內的溫度有如雪房，是眾所周知，就算是夏天，也會有演員帶備羽絨在不用拍攝時穿著保暖！而當時我只穿著上下兩截的打底衣物，然後由頭到腳化成灰白，頭髮上淋上血漿顯示被遇害時的傷勢！

爬上那張非常冰冷的鐵床，我要不斷催眠自己，克制因寒冷而引發的顫抖，才能順利拍完驗屍的戲份。拍攝完畢，我馬上穿上早已準備好的羽絨大衣，頂著一頭血漿，想說不如洗個頭才走，怎料當時十五廠化妝間的水喉壞了，化妝師們著我到一廠那邊洗，但當我行到一半，才知道當晚有大型表演，記者很多，人很多，完全不可能擠進去！於是，我打消了所有卸妝念頭，就頂著那副灰白的屍體妝容和頭上的血漿，跑出電視城打的趕緊回家！

的士司機，抱歉了，希望當時沒有把你嚇壞！

25.《楊言愛》

喜歡我的支持者，有很多都是由《純熟意外》楊言愛這個角色開始喜歡我，其實這個角色，可以說是暫時在演戲生涯裏，我最喜愛的角色，我很感謝監製陳耀全先生對我的信任。

說來有趣，其實楊言愛這個角色的藍本，是從我的臉書發掘出來的！當時自己有些不開心，就背著自己的枕頭，跑到去好朋友謝珊珊的家裏留宿，照片放到臉書上，監製看到覺得有趣，決定放入劇中作爲閨蜜的情節！至於找誰來飾演？監製和編劇們就想，哪何不找我本人演出？我便非常幸運地接了這個角色！

編劇們當時不認識我，但所寫出的楊言愛的性格，卻不約而同跟我很相似，他們想像擁有這種性格的人，家庭背景就是與外婆相依爲命，這也和自小由嫲嫲照顧的我，也是相同！同劇拍擋蔡思貝和賴慰玲經常說：你根本就是楊言愛！

但願我眞的擁有楊言愛那種樂天知命，打不死的精神，與敢愛敢恨的個性！

你能看懂我的故事嗎？
CHINESE NEW YEAR 2019
FEBRUARY 4TH, 6TH & 7TH / 10PM TILL LATE
DOOR ARRANGEMENTS: SUBJECT TO EVENT ON THE NIGHT
VOLAR
豬
Galentine's Day
COMPLIMENTARY PROSECCO FOR
Ladies
10PM - 12AM
THURSDAY FEBRUARY 14TH / 10PM TIL

26.《情緒變換》

作爲演員最辛苦的地方，是不斷變化自己的情緒。今天這場戲你要哭，在機器和燈光都準備好的情況下，你最好立卽流淚！現在拍攝你未流淚之前，請馬上收起眼淚！

曾經試過情緒低落的時候，要演出快樂的氣氛，你便要把自己的情感都擱置，這是作爲演員的責任！世界在轉，難道要全世界等你一個人，處理好自己的情緒問題，才出來演嗎？所以如果鏡頭這一刻需要，無論你心裏多憂愁，你也得變成一個開心快樂的人！

我很珍惜每一次的工作機遇，經常希望身邊不要發生一些會讓自己不開心的事情，影響表現，但人生難掌控。試過要飾演一個開朗個性的角色時，剛好遇上一些個人問題，在那幾個月爲了不影響角色狀態，我完全憋住了個人情緒，完全沒有讓自己哭過一次，因爲我不想影響上鏡狀態，我希望投入那階段的角色狀態及情緒！

完劇後，在意志力鬆懈之時，有一天，我感覺到自己尾龍骨很痛，於是看醫生才發現自己患上了嚴重的子宮腺肌症及內膜異位，內裏已經長了一顆 8cm 肌瘤，因爲生長在肌肉壁內，沒有分界線而不能切除，醫生說應該是工作壓力影響引致，長期的情緒沒有適當處理，引致荷爾蒙出現問題而形成！最後連續大半年接受注射藥物治療！

但願我們大家都能保持愉快心情，好好處理情緒，身心健康才是皇道！

27.《迷失》

智者朋友說：「人們都喜歡兜遠路，向自己目標相反方向走，卻以爲自己是一直向著目標走，結果越走越遠，迷失了自己！」

因爲有許多時候，人們都太想走一條捷徑，又或者在走對路的時候，因爲艱辛而出現不如換一條路的迷惘，這種想法，我想誰也出現過！在這個時候，或許我們要提醒自己，前往目標的路上總會出現各種狀況，如不，我們怎能學懂扎實穩健，怎能累積排難解憂的經驗？

只要相信，我們繼續堅持，當實力穩健的時候，自然明白該如何走！如果有人告訴你，他的成功之路是平坦無疾礙，萬事風調雨順，那只是這個人的處事態度不拘小節，對一切波浪皆能抱持平常心罷了！

迷失的時候，問問最初那曾經夢想清晰的自己，堅強面對迷惘，一切都會好起來！這就是勿忘初心的重要吧！

大踏步昂首向前，
我知道這會是我最值得
自豪的回憶！

28.《我的生存之道》

曾經被某些人，批評我太沒有鬥心，缺乏了與別人競爭和爭勝的心，但我由始至終都不同意，在我看來，要走得更遠，互相扶持才是最好的生存之道。

很記得在上戲劇堂的時候，老師說：想要自己的演技好，就必須先想想你的對白，可以如何服務到你的對手，當你說的對白和你的演法，是全心令對方更容易演出他的戲，那你的戲自然好。相反，如果你只顧突出自己，那出來的效果便會很差！同樣，你亦要完全相信對手，而不是質疑或挑剔！

無論在演繹任何角色的時候，也要先想想自己的崗位，在整個戲中，自己的角色要產生什麼功能和作用，而不是爲了突出自己而去搶戲；角色上所有的設計，出發點都應該以大局爲重，那才是眞正的好演員。

只要是在團隊中工作的人，每一位都是令到一台大機器得以運作順暢的重要齒輪，一切應以大局爲重，不要想多餘的，我要想的是有沒有做到我的崗位應該做的，有沒有努力令自己不斷進步，我對自己的要求是，不容許自己做拖跨整台機器的人！

29.《感謝夢想》

我們知道夢想是有重量的，因爲夢想之所以稱之爲夢想，是因爲它帶著遙不可及的特質，需要我們去追逐、去付出，並努力一步一步實踐，希望能把看似空想的夢想，變成理想！

要下定決心實踐那看似不切實際的夢想，更要爲此花上不知道多少時間、心力和犧牲，而且未必一定能夠成功，確實需要一份勇氣；所以，勇於追夢的人，都值得我們尊重！然而在許多時候，大家都著眼於自己需要爲夢想付出多少、犧牲多少，但同時，我們其實更需要多謝夢想！

多得人生有夢想這回事，我們有了方向，多得這追夢的過程，使我們變得堅毅、勇敢與強大。正是那種難以實踐的特質，產生讓人更想要辦得到的魄力。如果經歷了艱辛而最終成功了，那份辛苦過後的成功感，實在是令人甘之如飴。

倘若最終未能實踐，但過程已叫人逐漸有所成長，並變得成熟；讓我們學會哭泣時，也堅持著不停地向前跑；遭遇了打擊傷心難過，卻能夠堅強癒合重新出發。只要人生有付出過、有努力過，我們都不遺憾、不後悔！

最讓人害怕並非夢想不能實現，而是我們沒有夢想！在此跟夢想說聲：「感謝！」然後跟所有追夢的人說聲：「加油！」

也許我們都需要一種想去實踐的夢想，一個你願意相信並樂於生活在其中的價值。

Chapter 3

愛情

30.《永恆》

前陣子，看新聞報導，有一對情侶，在蜜運一個月，非常甜蜜的時候，女孩發現自己患上末期腦癌。醫生說，她只剩下一個月的壽命，這件事對他們倆都是晴天霹靂！

但二人並沒有因此放棄，男方立刻和她結婚，並決心陪伴，和她攜手一起走完這人生最後的一段路，然後每天陪伴在側，陪她完成所有未了心願，再逐一和親友們道別！兩個月後，她便帶著微笑離開了人世。

很多人都會覺得這是一個不幸的故事！但在我看來，雖然悲慘，但如果我是那女孩，我會很慶幸自己，在短暫的生命裏，並且在生命走到盡頭之時，可以遇上自己心愛的人，而這位心上人願意用眞誠和愛，陪她完成所有心願，以及陪著她一起走她人生最後的一段路。

有些人窮一生，也遇不到一位你愛他而他又愛你的眞命天子，就算生命再長，也只感到寂寞孤單；有些人有幸找到所愛，卻未必有福份，可以陪在身邊，更遑論走到最後；有些人很幸運地，可以和愛人在一起，卻因爲不懂得珍惜，結果一起相處，卻如陌路。

所以我認爲那個女孩是幸福的！是快樂的！至少她能把握愛情最燦爛的時候，無憾地帶著甜蜜的微笑離開。

有時候，在愛情最絢麗的一刻把握了，就是永恆！

當感覺消失的時候，
我知道是你忘記了當初愛我的原因，
及當時那個愛我的你！

31.《記得》

有一次，看蕭敬騰的香港巡迴演唱，欣賞著他在台上揮灑自如，自彈自唱由張惠妹原唱的《記得》，聽著聽著，眼淚竟不由自主地滑了下來……是歌聲感動，歌詞也太感動！

「誰還記得是誰先說永遠的愛我
以前的一句話是我們　以後的傷口
過了太久沒人記得　當初那些溫柔
我和你手牽手說要一起　走到最後」

一段感情的開始，總是美好又甜蜜，時間有時候果眞是一種毒藥，明明當初被吸引的各種性格特質，在日子久了以後，卻因爲同一種原因，變成了分開的理由，每個優點背後就是缺點！

當初喜歡她夠直率，毫不矯揉造作，最後討厭她太坦白，說話難聽不顧人感受；

當初喜歡他夠細心關心自己，最後討厭他煩人得像多了個爸爸，嚷著我想要的是戀人！

當初喜歡她專一，最後討厭她太認眞！

當初喜歡他老實，最後討厭他太沉悶！

原來開始和分開、喜歡和討厭，都是圍繞著同一個原因；只是想分開的那個人，忘記了那曾經說過的承諾，還有那承諾時候的決心！原來一直誰都沒變，都是那個人，那個底蘊；變的只是心態和角度、時間的磨蝕、與愛情感覺的流逝，讓人再也記不起當初的溫柔。

我害怕被遺忘，
縱然我明白如果要遺忘，
多應該記得的，
也會被遺忘！

32.《一些感覺》

有些人、
有些感覺，
放在心底，
就可以了！

有些人，
你總會驀然掛念，
但不欲驚動；
怕說穿了，
就破壞了寧靜，
打擾了，
便破壞了本來的秩序。

有些人，
縱然是你生命裏註定的過客，
但在你心底裏，
已劃過一線軌跡，
踏過一些足印，
留下磨不滅、
擦不掉的印記！

我們只能把這些，
都藏在那一個位置裏，
一次又一次不由自主地回憶、
懷念！
但不欲騷擾，
因爲確定要離開那時，
就已經不應再來打擾冒犯了！

在我們相遇前的一刻，本來就是陌路人，所以離開你之後，只是一切重回原軌，一切都沒有改變，只是心裏多了一道抹不走的傷痕！

33. 《多謝過去》

小時候，聽過這樣的說法，當愛情完結的時候，對女生來說，只有傷痛和傷害，所以女生決定要好好忘記；然而，男生卻認爲，每段戀情都是一趟愉快旅程，應該要牢牢記著，並不時懷念！

那時的我，還不懂男生的想法，
可能我就是前者那種小女孩的心態，
後來的我，卻總算明白了！

人生裏的各種因緣際會，一切皆充斥著難以掌握的無奈；不用怨，不用恨，用感恩的心，感激彼此的相遇。

無論相知或傷害，其實也是一種難得的緣份，是我們不得不承認、不可以抹走的一種成長經歷，多得這一切，成就著今天的這個你。讓我們今後學懂珍惜，也得感謝那些從前的傷害！

感謝傷害，
都把我們給磨練成熟了！

34.

《前度》

打開臉書，
突然想看看你的近況，
很多人會說看了只是爲難自己，

但有時候就怪自己，
會忍不住想窺探一下，
看見一切如此熟悉，
你的面孔，
你的笑容，
甚至你相中的掌紋，
但拿著相機攝下這一切的，
不是我；
站在你身邊的，
早已不是我，

但相裏的一切用品，
卻是我們一起選的！

想起當天計劃要和你建立的一切，
現在我卻用上她的視覺來看，
因爲這都是她爲你拍的照，
並甜蜜的標籤著你！

當天和你買的那塊松木板上，
現在放置的卻是她和你的甜蜜照片！

曾經一起立下的盟誓，
就讓那個她和你一起兌現吧！
看著一張既熟悉又陌生的臉，

一段感情的過去，是否代表，
曾經交疊的兩條線從此不再
有交會的時候？

我一半寄予祝福，
一半留在心底！

偶爾會痛恨自己將建立的一半，
雙手奉送他人，
但偶爾又會怪自己不如他人可以牽就你，
那不如承認，
你經已早早遠去！

❋ 階段

35.《將愛情進行到底》

如果每段戀愛關係必須經歷曖昧、甜蜜、磨擦、疏離，你會選擇停留於曖昧時期，而不前進？還是勇於開展一段關係到底，誓要改變以往一貫的戀愛宿命？

我身邊有許多朋友，就只是純粹的喜歡「戀愛」，所以每段關係，不會超出三個月；因爲他們在享受了曖昧和戀愛中的甜蜜限定後，便對甜蜜之後，所必然帶來的點點苦楚說再見！

要知道每段關係，都需要經營。始終是完全不同的兩個人，走在一起，還想要開花結果的話，當中必定要經歷磨合、歷練，關係才能昇華，化成甘甜。所以我鼓勵任何人都應勇於去愛！

但並不是叫你奮不顧身地，火裏火裏去，墮進苦不堪言的戀愛困局；記得戀愛的時候，七分醉，也最好保留三分醒，愛上了眞正不該愛的人，就別死心眼了，否則往後，苦果自嚐！

36.

《快樂如我》

快樂如我，也有憂傷的時候；
開朗如我，也有陰暗的時候；
正能量如我，也有壞情緒的時候。

當你迷上我暢懷歡笑的時候，
也能接受我滿面淚痕的時候嗎？

我是好天氣小姐！
也是壞天氣小姐！

撒嬌式的擁抱把你哄騙回來以後，
突如其來的脾氣又會把你趕走嗎？

我想每個女人心裏，
都同時住了青霞和紫霞，
她們正等待遇上兩個都愛的你！

你我就像兩隻斷了線的風箏，
一不小心地交纏，
從此再也不懂分開，
然後一起墜落。

37.《無從預計》

忐忑與不安，
時常跟隨著我，
不管是快樂時，
或是幸福洋溢時。

如虛如實，
患得患失的感覺，
驅不散……

可能對於快樂的認知，
就是快樂總會突然無聲無息地跑掉，
不強求，
她又會無故回來！
所以結論是，
平常心對待一切吧！

PROFESSIONAL QUALITY
ITO EN
ANIME LAUNCH
JTB旅行券やオリジナルアニメグッズが
総計5,000名様に当たる!!

38.《相聚有時》

看書時，曾看過一句說話，深印腦海：「由我們出生當天起，每個生命裏頭所遇到的人，都是過客，從沒有一個人，可以從頭到尾都陪伴著你一直走到最後！」

看畢，頓時有種傷感來襲，不想相信，卻又心裏明白，於是再三反覆仔細思量，卻越想越傷感。

想到看著我們出生，最愛我們的父母，他們很想很想能夠一直陪伴，把我們抱在懷裏，當他們一輩子的小孩！但他們總不可能比你長命，於是他們希望我們長大，變得成熟，能夠好好照顧自己，好叫他們可以好好放手；但矛盾的是，在他們眼中，我們永遠是長不大的小孩！

至於朋友，在人生的不同階段中，我們都會不約而同地認識很多朋友，當中有點頭之交、君子之交、小人之交，其中必定有一群稱得上爲「老死」，最值得我們珍惜。

我們曾經一起打拼、一起瘋狂、一起在大雨中暴走、一起在擁抱中放聲痛哭！但人生的相聚別離，像注定地必然出現，輪不到我們選擇，縱然我們有多懷緬那些曾經相聚的美好，多想留住那些共度患難的轟烈；最終卻會遭受不了時間洗禮、地點變更！隨著各人身份的轉變，家庭位置的不同，無論多想，也回不去昨日！當各人正忙於朝著各自的階段裏，他們認爲更值得重視和追尋的目標奔跑，一切只能往回憶裏懷念。

而愛情更是虛幻莫測，越想捉緊越會逃脫！越不想擁有的，越要出現！今天愛得死去活來，明天頓成陌路，曾經關係如此親密的二人，分開之時，可以變得比路人更陌生！

怎樣釐定誰是誰的風景？誰是誰的過客？

一切離開總有時，我們能做的，大概只有在相聚時，盡情把握、珍惜和好好感受每一個時刻，不在乎多或少，只在乎每個相處的時間裏，有眞心地笑，盡情地笑，我們都需要的，是有質素的共處，作爲將來可以經常回味的回憶！

39.《喜歡一個人》

眞正喜歡一個人的時候，大概你會擧止失常，心裏充斥著苦與甜。每當有一丁點的風吹草動，你會想出一百萬樣恐怖的事情，叫自己嘗試停止！唉！誰叫你太著緊？

胡思亂想，不能停止，直到對方做出一些稍微溫暖的小擧動，又把你那惱人的煩悶，在半秒內一掃而空，拋諸腦後，足夠甜蜜一整晚，那一覺可笑著睡得酣！

喜歡一個人，令你想很多，想太多！你很難在對方面前做一個眞正的自己，你會經常生自己氣，認爲有很多地方，其實可以做得更好。

當無意說了一句眞心說話，轉頭又後悔把說話說得太過，不知道對方聽後，想法如何，對自己的印象有否改變？但可能對方根本未有放在心，原來自己把一切都用放大鏡過濾了，所有事情、感覺都放大了百倍！

這種忐忑不斷的戀愛感覺，有時苦、有時甜，卻令我們擁有那活著的熱情與痕跡！

40.《忘掉自己》

有時候，我們愛一個人，會愛到遺忘了自己，對方的需求感覺，才是第一位！漸漸，我們遷就到爲難自己，我們一直鼓勵對方不停僭越自己的底線！你也因爲已經付出了很多，就像賭博桌上輸掉了越多籌碼，越不願輸掉對方，寧可繼續下重注一搏，繼續降低底線，渴望有一天他或她能被你的眞誠打動，然後珍惜你！

但經驗告訴我，這樣實在行不通，這樣的戀愛注定失敗。記得第一次戀愛的時候，因爲太珍惜，太想那個他便是自己童話故事裏，承諾一生長相廝守的情人。當我們的感情出現狀況的時候，我沒有問自己想如何，我沒有關心自己的感受；因爲不捨，爲著要保留這段關係，我就只想到不斷付出、不斷容忍，想像所有難關都能閉著眼就衝過去，最後，我們分開了。

那個他，老實地告訴我，其實我們走到最後階段時，他已淸楚看到我的底線，他發覺就算他說謊了，我都可以原諒。在他看來，這種原諒，只是提醒他可以繼續放任，好像在告訴他不用再花費任何力氣在這段感情上，反正我就是怎樣也會留在他身邊！但一段感情若只靠單方面的努力，多有韌力的弦線，也會有斷掉的一天！突然有一刻，領悟了，想通了，心淡了，看出這段關係，不會再有前路，就毅然忍痛放棄了！

可能我突然地尋回自己，反而使那個他變得後悔，轉過來希望我可以給予機會重新開始！但這次我沒有，不是沒有不捨，但我知道再一起的話，在他的角度，也只是再一次把我的底線進一步降低，那又等同於證明給他看，不用珍惜我是對的。這種惡性循環，等同宣告一場戀愛的死亡！我清楚明白，「我們」已經沒救了！

所以，我的忠告是，無論你多喜歡一個人，也不能忘掉自己，不能失去應有的尊嚴，這是在愛情上必須保衛的原則。否則，你便很難遇到一位眞正愛你和珍惜你的人，並親手把這段關係推向凋亡！

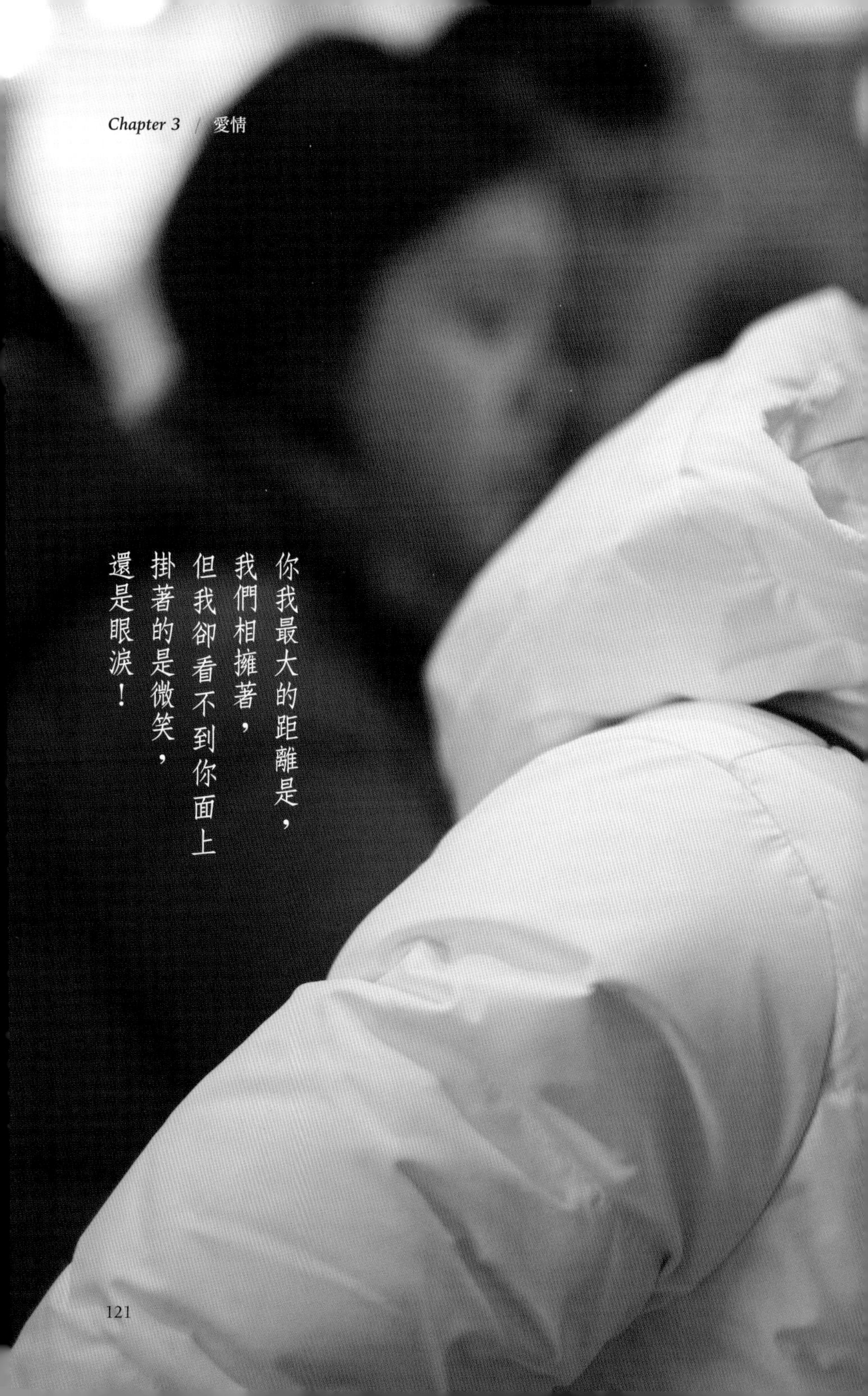

你我最大的距離是，
我們相擁著，
但我卻看不到你面上
掛著的是微笑，
還是眼淚！

41.《找個相處舒服的人》

若然你問我怎樣才算是「對的人」，從前的我會思量很久，也不能理直氣壯地回答你。

可能在我年少時，我會想像，這個「對的人」，一定是有令我心跳的本領，長得帥氣、又有才華，性格有點大男人，小霸道，最好是韓劇裏典型的男主角形象！

人生走到一半，才知道，所謂「對的人」，是可以和你相處舒服的人！

相處舒服很重要，這樣的條件看似簡單，其實並不容易，要相處舒服，代表你可以在他面前完全做自己，而且你們合得來，不用多說話，他已明白你，這不是因爲他有閱人的本領，只是這個人用盡了心力來了解你，並且花時間細心觀察和陪伴，才能做到！

這個人必然能令你完全信任，使你在他面前變得放鬆，坦然而毫無忌諱！當你在外面受了風吹雨打，你總是第一個想倚靠他，因爲他是能讓你隨時可以停泊的避風港，也是可以令你安全感滿滿的容身之所！

在你意氣風發之時，他會欣賞並替你高興；在你脆弱時，他懂得爲你打氣，爲你加油，讓你再次充滿力量！

如果你遇到了，請不要輕易放手！

Chapter 4

這是我

42.《善忘》

我相信「善忘」是我最大的缺點，也是我最大的優點！並非代表我記性不好，我記憶力可是相當不錯的（個人認爲），只是對要記住的事情有選擇！

可能自己本身是不拘小節的人，所以很多事情，如非必要，我都沒有特別去記住，生怕減少了腦部的記憶容量似的！

別人跟我訴心事，我只會聆聽而不會刻意探問關於事情的細節，因爲我認爲他可能只想抒發情緒，吐之而後快；而故事的細節，亦只是當事人的主觀陳述，是否事實眞相，也毋須深究，清楚知道自己身爲聆聽者的責任就好了！可能是這樣，我又會很快把事情細節忘記得一乾二淨，只記著事情的大概！

有時候，經歷了傷心和傷害，當刻會心如刀割，因爲自己對待任何朋友或感情，都是異常執著和認眞，亦可能由於本人承受心痛的能耐是零！所以傷心過後，便會於極短時間內，把不快的事情都忘掉。我想應該是承受不下，腦內的記憶清洗機制便會自動運行吧！

朋友也爲了我這種善忘性格而經常生氣！爲什麼？因爲別人欺負我，我轉個頭又會忘記，朋友都擔心我太缺乏防人之心，在我找朋友訴苦後，他們還在替我不値時，可能我已轉換立場，說那個人好像挺不錯，而令朋友們氣炸，立卽趕忙地提醒我，之前曾被欺負而訴苦的一些事，但這個時候我可能已經一點印象都沒有！這種情況是經常發生，朋友們都頗無奈。

有些時候，朋友會問：「是不是那個人請你吃東西了？」因爲他們都知道在我的世界裏，請過我吃東西的就是好人！也有朋友說：「其實你是極幸運的人，你這種性格居然還能生存？這是命大！」

說眞的，我認爲這樣也挺不錯，人生短暫，何不只記住快樂，不快的就忘掉吧！不要讓傷痛折磨自己，這樣只是跟自己作對。讓我教你用金魚的記憶對付傷痛吧！

43.《與世無爭》

自小認識的朋友問我，爲什麼你可以與世無爭？但你偏偏在娛樂圈工作，不會背道而馳嗎？也有同事說，你知道自己在這裏工作的缺點是什麼？就是太缺乏野心了！

可我不會認爲要當成功的演員，就一定夠野心，應該說野心是要自己做得更好，而不是和他人比較、爭持到底那種，這樣違心的不是我！這樣不快樂！這樣也不代表會成功！

我認爲無論做什麼都好，只要喜歡、投入並盡力做好自己的本份，想辦法盡努力讓今天的自己比昨天那個自己更優秀，便已很足夠！如果很著急於爲何別人成功你沒有，其實答案只有一個，就是你還未夠努力，你以爲別人成功很輕易或比你僥倖？可你永遠都不知道，其實別人在背後比你努力多了，只是你沒看到，或只注意別人成功的一面！

我們要懂得欣賞和學習別人的優點，並要非常感恩每一個對你好的人和機遇！我相信這樣走下去，一定會成功！有辛苦，有付出，才能體會成功的甘甜！

44.《性感》

從來沒有想過「性感」這兩個字，會和自己掛勾，明明當初是想走諧星路線！可能因爲曾經出版寫眞？可能社交網絡的相片太露？但眞相是，根據我本人的性格，其實完全沒有這種特質！

有無數朋友說，你眞人跟你社交網站上載的照片，是兩碼子的事，哈哈，那些是用來吸「Like」的，而且當眞實的你不是如此，便更想在虛擬世界塑造或嘗試如此！曾經有男生在工作時跟我碰面，認識了之後，直叫失望，他說因爲他一直有看我網上的照片，帶著自己的想像，便以爲我就是他預期中的，很會對男生撒嬌那種，不過現實竟然是——怎麼一點都沒有！

其實我本身的性格是超級男孩子，我會幫身邊的女生拿重物，也好好保護身邊的女生，通常當我的朋友都是喜歡我直率和搞怪！

不過，如果你心目中有把我當性感尤物看，其實也不錯！哈哈！（暗爽暗爽）

45.《世界末日》

小時候曾看過一本漫畫叫《愛在地球毀滅時》，故事講述世界末日的時候，男主角想找回剛分手的女友共度最後時光，途中遇上一見鍾情又想保護的少女，然後帶著她逃亡。最後結局如何？好緊張，我周圍搜索也找不到大結局，原來漫畫爛尾了！這個未完的故事就這樣深印腦海！

然後上《聖經》課，老師說《聖經》啓示錄裏的寓言都已成眞，就只差世界末日一項，當太陽變黑，月亮變紅，無花果結果，那世界末日便不遠矣！

然後，家住杏花邨的我，經常看著大海發呆，突然有一天發現月亮很紅，就在那之後的幾天，發生了一件特別的事，把我嚇壞了！

那天，我放學後回到家中，嫲嫲說她要出門到超級市場買些東西，之後大概十分鐘的時間，窗外突然天色昏暗，接著聽到很大的「滴滐！滴滐！」然後「嘭……嘭……嘭！嘭！」我立卽走到窗前查看，以爲是樓上丟了什麼下來，一走近窗前，卻看到像乒乓球大小的冰雹，不斷打在窗上，我第一時間想到的是——世界末日！

我趕緊清理窗邊的冰雹並把窗關上，馬上就擔心起嫲嫲的安危，一個箭步衝去拿起電話聽筒，嘗試撥出電話之際，耳邊傳來的，是跟我心情一樣慌亂又快速的「嘟！嘟！嘟！」聲，我當時不斷掛了電話再嘗試，幾輪失敗後，呆站著，內心焦急以爲眞的世界末日了。原來那個時刻來臨之際，令你最恐懼的，是你找不到最重要的人！擔心和孤單一湧上心頭，無助得我正想哭的時候，嫲嫲回來了！外面也安靜了！我擁著嫲嫲說嚇死我了！原來她也知道落雹，於是找了有瓦遮頭的地方，站著避了一會才回來！

晚上我們一起看新聞報導，在下午的時候，全香港只有在杏花邨這裏，下了香港歷史以來最大的一場冰雹！我反而慶幸自己目睹了！

46.《惡夢》

不知道是否被誤以爲是世界末日的驚嚇事件所影響，我經常反覆做著這一類，奇怪又驚慌的夢。

在夢中，我可以清楚看到地球的另一端，像災難片一樣在爆炸，火光通明，卻有點絢麗燦爛，環顧四周，赫然驚覺一遍兵慌馬亂，衆人逃竄避走，但他們都是一對對，或是一家人，只有我在慌亂中呆站著，不知去向！完全想不起要找誰，孤單的感覺像挖空了心臟，很害怕，很討厭，很不好受，於是不斷在思考自己到底在尋找那個誰？嘗試好用力……但無力，然後就帶著哀愁睡醒了！

醒來感覺好孤單，才發現現實裏，身邊還有好多我愛和愛我的人，深深呼了一口氣！

47.《流星雨》

住在杏花邨的那段時期，
在家樓下對著海邊的那個石灘，
我最愛流連，
心情好的時候，
心情不好的時候。
總喜歡在那些石塊與石塊之間彈跳著，
就可以保留到一種快樂的溫度！
記得某個晚上，
友人們都去了石澳、赤柱什麼的，
嘗試捕捉那一場，
幾十年來難得一見的獅子座流星雨，
基於嫲嫲過份保護的擔心，
我總不能出門，
於是我請求她讓我在樓下石灘碰碰運氣。

結果才到樓下，
便聽到海邊傳來很多人大叫「嘩！」
我急不及待邊跑過去邊望上天空，
整個人被眼前從未看過的景致震攝住，
難掩內心的喜悅、興奮與不敢相信，
像是發生了一件不可能的事！
我馬上找了一塊大石攀上，
整個人朝天睡在冰涼的石上，
欣賞眼前這一場不想醒來的美夢，
三、四顆不同顏色的流星
一同在長空劃過，
才在右邊擦過幾顆，
左邊的又交叉來襲，
又突然地停了幾秒，
以爲完結卻又再來，
讓你完全不能克制那內心的激盪，

每一顆流星的出現都令人心花怒放，
就像願望滿佈天上任你許願，
但你完全不想眨一下眼睛，
寧可放棄願望成真的時機，
也要欣賞這一次的絢麗燦爛！
流星們像孩子玩耍的在天空亂墜了一場，
當一切回歸平靜，
那場顫動仍在我心裏回響百遍！

讓我瘋狂地做著不想醒來的夢。

48.《紅館》

我的偶像是楊千嬅，
除了喜歡她努力、直率、可愛、
堅強的性格，
也因爲她給予我一場難忘的回憶！

她給了我一場夢，
那年大學二年級，
我買了千嬅演唱會的門票！
朋友看完第一場告訴我，
千嬅每場也會請一位女生上台
唱《野孩子》，
然後朋友和我說：
「你人生經常有很多奇遇，
可能明晚上台的，會是你！」

不知爲何，
聽友人這樣說完，
弄得我睡覺時內心有點緊張，
於是準備背一背《野孩子》的歌詞！
然後問自己是否傻了，
竟然有如此舉動！
人家演唱會四面台觀衆如此多，
怎可能會是我！
然後叫自己去睡覺。

演唱會到一半的時候，
眞的來到了那一個環節，
千嬅去了我對面的台選觀衆，
我內心就說早知道不會是我，
爲何自己白緊張，
在有點放鬆的時候，

千嬅突然轉身走過來指著我，
你上來吧！
上不上？
我當刻整個人的內心是……不能形容，
興奮、驚訝、不敢置信、覺得神奇，
像中獎一樣，
我戰戰兢兢走上台，
紅館的台原來會令人雙腳發軟，
而燈光閃爍得令你看不清台下觀衆，
一切都是這麼的朦朦朧朧，
彷彿是電視劇裏仿製的夢境一樣，
然後就是做夢一般唱了一首《野孩子》！
這是自己偶像親手送給自己的夢，
永藏心中！

「也許只談一場感情
除外都是一時虛榮
不停於在蜜月套房遊玩過
便可自入自出仙境」

49.《感同身受》

閒時的周日，我喜歡去教會崇拜聽道，老實說，我並不是十分虔誠的基督徒，只是偶爾突然會祈祈禱、聽聽道！但於我來說，每次聽道，必有所穫，聽道過後，總有種洗滌心靈，內心突然澄明和豁然開朗！

很多不相信神的朋友都說，不相信，是因爲不明白，若然世間有神，爲什麼仍有如此多不公平和苦痛的事降於很多人身上，對於這個問題應該很多人都有提出過，甚至遭遇不幸境況之時，會問：爲何是我？

有一次聽道之時，我彷彿找到了認同的答案，牧師說：你知道神爲什麼將苦難降臨於人世、將不幸境況降臨於你身上？目的就是當你經歷了不幸和苦痛的時候，你會更懂得和你有相同境況的人，你會更明白、更同情、更理解另一個人當下的心情，並懂得如何作安慰！

這是我從來沒有想過的，卻很有道理！相同境況的人更能明白彼此，傷痛令我們更有感受別人的能力、更有同理心，原來我們可以從苦痛中感受愛，學懂愛人及被愛的能力，並更能珍惜快樂的時候，可能這就叫做「同病相愛」，珍惜我們的傷痛，好好記著我們的不幸感覺，相等於訓練我們的同理心，也一步步成就著我們的甜酸苦辣，更豐富的人生！

50.《尊重》

年少時，我曾在暑假裏，當一名時裝店的售貨員，那家時裝店，在同一個商場裏，有三間分店，我這個新來的，經過一輪受訓後，老闆就讓我當最小那家店的店長，那間小店舖只有幾十尺面積，而其他兩間分店都比我這一家大上兩倍以上，無論裝潢，或是貨品的種類，我負責的小店在做生意上，都比較輪蝕。老闆說，如果這家店可以每天做到一千元的銷售額，就已經很不錯了，生意額可以不用與其他兩家相比。

於是，我每天都很殷勤地服務每一位進店的客人。有一次，有位客人走進我的店裏，態度像找晦氣一樣，她問我很多丟難的問題，我都殷勤地逐一回答，她想要試的衣服，我都拿出來給她試，終於我的誠意打動了她，她就跟我和盤托出，原來她本來在其他兩家分店，已經看中了一些衣物，但那些店員都讓她感覺到不尊重，像是瞧不起她，用一早便斷定她買不起的樣子來服務，她說：「我就是受不了，看見你這麼殷勤，我就在你這間買！」結果她買了五千多元！

我當時就一直抱著這種態度服務每一位客人，因爲我相信如果他們這次看不中，下次也一定會過來再看。結果，我那家小店，每天也爆滿客人，也很快有定期過來的捧場客，老闆更是高興得不讓我放假，在我的生日，也封了大利是給我。

到後來，我也完成夢想，開設了一家個人的時裝店！雖然最後因爲分身不暇而選擇了演員的工作，但曾經完成過，也很滿足了！

這個分享並非想表達我有什麼過人招數，而最重要的是，我尊重每一位進來的客人，我從來不去想，哪個人有購買力，我才去服務他們，因爲一個人有沒有實力，有沒有購買力，從表面根本沒可能看得出來，我只須堅持，一心一意爲他們服務就可以了。

這些工作體驗，令我明白，每一位客人，等同於我們生命中每一位遇到的人，我們都必須帶著敬意去對待，只要你懂得尊重每一位遇到的人，你都會有意想不到的收穫。我不是叫你老想著回報這回事才去付出，反而是完全不想回報，眞心對待任何人、任何事，就會不經意、也始料不及地，比有心計的人獲得更多，因爲當你不求回報、不計較，你就不會吝嗇自己的付出，當一個人努力認眞地付出的時候，總會得到很多貴人的協助，這是我一直相信的。

51.《一起幸福》

在這個年代，有很多的所謂「Haters」攻擊者，他們負面，什麼都要罵一頓，什麼都看不順眼，他們要在網絡上攻擊傷害他人，來尋找自己的存在感，企圖令自己快樂，但他們卻不能感受真正的快樂！

道理很簡單，我們做人，其實有很多說話，你不希望別人對你說，首先你也不要對別人說，你怎麼能確定將來自己不會發生什麼事？而慣常用極端負面角度來看待事物的人，自然就等同不停在訓練自己，習慣不用正面思想看待身邊一切；於是，自己讓自己只被負面的事情所困擾，最終，不開心的，就是自己！

所以請不要再浪費時間，去說尖酸涼薄的壞話了，這樣只會永遠活在陰暗的角落裏失去自己，心力都花在嫉妒、憤怒上，人也沒有力量向前！

眞心希望，大家都能欣賞別人的優秀，懂得替別人高興，同時，推動自己繼續進步，以及提升一同幸福的動力；看見人家失敗，則努力給予祝福，替別人打氣，並更珍惜自己擁有當下的一切，這樣，我們才能夠一起幸福下去。

記著，善意對待別人，別人也會善意對待你，但願這世界每天都能充滿快樂的微笑！

不要隨著冷漠的世界
改變溫柔溫暖的你。

52.《交朋友》

曾經有朋友問我，其實你交朋友的能力很強，可能本身讓人完全沒有距離感，很容易可以和別人熟絡，但你很奇怪，在每個領域交到一、兩個朋友，就好像停止再去認識其他新朋友似的！

其實，我交朋友一向都是靠直覺，如果是讓我感覺舒服想親近的，自然而然地就當了十多二十年的朋友。我今年三十多歲，但我卻有一位朋友和我的友誼長達三十年，如今仍是深交！所以，我交朋友的直覺也挺不錯！

凡讓我感覺不對的，無論對方怎樣釋出善意或借故親近，我也會有種莫名的不安，讓我不欲前進！我始終認爲交心的朋友是重質不重量。

當我擁有太多朋友的時候，反而將本來可以與交心朋友共聚的時間，用來分散給太多未必太重要的人。一直很認同：君子之交淡如水！小人之交甜如蜜！要是有事的時候，我知道不會走的，就是我值得花時間心力交的朋友。縱然現在大家都有了事業和家庭，大家見面的時候沒有像小時候般頻密，但只要他們需要我，我都一定會在。

我們不能選擇家人，但幸運的是我們可以選擇朋友，有時候，我們可能會爲一些中途離場的朋友而傷心難過，但想深一層，我們眞正需要的，是縱然處境艱難，也對我們不離不棄的朋友。

所以那些選擇離開你的人，是令你明白，誰更值得我們珍惜和擁有，這是長大了，才漸漸明白的大道理！

53.《不完美》

一直以來，我遇到好多朋友，和我一樣，每每只看到自己的不足，從前的我，以爲這樣是因爲我們太沒有自信，應該好好改變！但想深一層，因爲認識自己的不足，我們才會有著要繼續學習與成長的動力，不是嗎？

你有否遇過一些人，覺得自己永遠都是對的，覺得自己永遠都是最聰明，最厲害，甚至認爲自己什麼都比別人優勝？就算別人比他成功的時候，這類人總認爲別人一定是用上什麼手段，或只是他們剛好行運，而從不反省？

從前，我也想成爲這樣的人，因爲他們好像做什麼事都很有信心，做事比我們這些沒自信的，好像更得心應手，因爲他們隨時在別人面前都可自誇到，讓初相識的人對其「得天獨厚的才能」都信以爲眞！

人成熟了，卻發現這些超有自信但沒有實力的人，很快便被人拆穿，而不敢再接近。我也不再羨慕，並害怕自己變成這類人，因爲當你覺得自己什麼都是最好，什麼都比別人優勝的時候，就像浸滿水的海綿，完全不會再吸收新知識而脫節，也因爲瞧不起其他人，而不會學習別人優點而更比下去；也會因爲一次輸掉了，而很難再站起來。

世界這麼大，比我們優秀和有才的人，必

然大有人在，如果，自己盲目堅持認爲自己是最棒的，就只會原地踏步。反而，經常看見自己不足的人，其實很好，因爲這樣的你，才會擁有繼續前進的心，以及學習和成長的動力，

令自己成爲一個每天也要比昨天更好的人！所以，如果你覺得自己有很多不足？我們就一起努力吧！

相信自己的感覺，等到夜雨停了，再重新出發，在這個旅程中，盡情追尋一部屬於自己，還未完結的小說……

54.《孩子氣》

在認識我的人眼中，我是一個活潑和充滿孩子氣的人，這一點可能像嫲嫲，因爲她的性格也是和小孩子一樣，我們同樣對生活充滿好奇、熱情；我們喜歡很多可愛的小東西、喜歡可愛的公仔、喜歡可愛的小動物；我們也十分喜歡說笑，喜歡玩樂！和她一起相處，總覺得有趣和快樂！

小時候覺得除了嫲嫲，其他的大人都不一樣。我不明白爲什麼大人都很沒趣、也缺乏幽默感，看上去總是滿臉的煩惱，完全不願意付出時間，傾聽孩子認爲很重要，和很想跟你分享的事情；也不願意投入地與孩子們一起瘋狂！

我對自己說，一定一定要記住小時候的這些想法，長大了，不要變成那些討厭的大人！可能念力太強，我一直保留了這份孩子氣。我相信快樂的心情是童心，我想一直用快樂感染著身邊的人！

55.《平常心》

我一直很怕一類人，就是那些對小事情往往諸多挑剔、好像什麼也叫他看不順眼的人！因爲這種人，只是看著他，已經覺得他的人生不快樂！如果要我和這種人相處，我也會不停喊苦！因爲這些人長期都是繃得緊緊的，我認爲他們要學習開懷一點，凡事都別太計較。

在大家的眼中，我是一個開心果、傻大姐，經常都很開心，也有人問：「爲什麼你經常那麼開心？而且笑容滿面？」

可能我本身的性格是不拘小節，順其自然的人！我想解釋一下，那種「順其自然」是，我認爲就算有什麼麻煩事衝過來都好，「船到橋頭自然直」，就算你那一刻很困擾，但過了一段日子再回頭看，原來當時覺得有如天塌下來的煩惱，都只是冰山一角的事情！既然壞事情發生了，實在沒必要加大壞事情的破壞而令自己的損失更慘重！而且煩惱，其實只是一種感覺與過程。

記得數年前，有幸到希臘工作，爸爸很好，他說既然去到這麼遠，那就拿一點錢去買買喜歡的東西，於是硬給了我八千元，而當時我只是在訓練班剛出來，一個月的薪金只有五千元！所以我興高采烈，非常感謝！

結果到埗雅典的第一天，也還未上船去

希臘的時候，錢被小偷全部偷走了！你可以想像我當時的沮喪和失望！但我只是讓自己失望了一陣子，便回復精神，同行的記者（後來成爲了要好的朋友）起初說說：「你一定很不開心！」我說：「已經沒有了！」記者說：「爲什麼可以這麼快沒事？」我說：「這件事已經不可能改變，如果我繼續沉浸在不開心的情緒中，就會破壞我這個旅行！損失只有更慘重！」記者覺得我很有道理，而她更佩服是我又真能做到！

所以每當我遇到不快，或遺失了錢包電話等，我的反應好像沒事發生一樣，我的好朋友們都知道，不是完全沒有失望，只是我只准壞情緒一段很短的時間，便馬上修復，因爲快樂更珍貴！一切都順其自然吧！

所以我想說的「順其自然」，不代表我不在乎、不在意和不積極解決問題，只是很多人生的難題，很多時候都好像要衝著你而來，無法閃避！如果清楚知道事情是有辦法的，我也是會積極解決的人。但如果知道事情就算你多在意，但現實中，我們都無能爲力、無可改變的時候，那就不妨讓自己輕鬆一點，不要找自己笨，可以開心的時候，就笑多一點吧！我相信時間會爲我們做出最好的決定！

只要平常心對待一切，事情馬上會變得簡單，人生也不會太艱難，很多時候，艱難都是自己給的，痛苦都是自己放大的，即使是黑暗的時候，光明也總有再來的時候，這就是人生！

你有你說我像木頭般愚笨，
我有我繼續著我的堅持和快樂！

56.《慳家》

經常被人偷拍到喜歡乘地鐵，每每被偷拍到吃東西的場所都是連鎖快餐店，或喜歡到花園街買便宜衣服，因而被稱之爲「慳家阿雪」！

說眞的，我很喜歡這個外號，因爲慳家是美德！這彷彿是我與生俱來的技能，就是怎樣都不捨得花錢在自己身上。但我對身邊人卻沒有吝嗇，最喜歡爲朋友們，花心思準備禮物！

只是自己從來都沒有什麼特別想要的東西，一向就只是單純地喜歡努力工作的感覺。如果說到喜歡收集的，其實我最喜歡收集文具，如果眞想去花個錢平衡心理，就會買一堆喜歡的筆，已夠自己欣賞幾天了！

有時候，我會一段很長的時間避免買東西，然後很自豪地告訴身邊的人，自己多久沒有買東西！一直很想成爲 KOL 的原因，也是因爲很想每天收到一大堆產品，而不用花錢買；也會因爲收集到印花換到小禮物而欣喜！這種「師奶」性格是自小就有，我在中學時已經不會讓朋友在便利店買水，我會逼他們到超市，因爲比較便宜，所以他們都笑我像「師奶」，其實也挺不錯，這樣才有資格成爲賢妻良母嘛！

我亦最喜歡工作的時候，可以不用出外花錢，又可賺錢，可能因此而成了工作狂！哈哈！

57.《工作狂》

幾乎所有人都知道我很喜歡工作！小時候，我自己要求做暑期工，爸爸卻因爲擔心而不欲我出去工作，我卻不想像個傻瓜般待在家而不聽從父命，我要努力出去找工作！

你可知道我曾經做過什麼工作？有潮流雜誌記者、布行助理、舞台劇化妝師、服裝售貨員、模特兒、手作人、花藝首飾設計、內衣設計、市場推廣策劃、演員等！我很喜歡學習新事物，不容許自己有一天懶惰或停步！我喜歡從事不同的範疇，從中可以領略和開發出其他領域的道理！

我完全不能接受自己停下來幾天，我會頓感自己成了廢人，朋友勸我，其實生活不是一百巴仙全是工作，你要有找些時間享受生活，但忙碌卻讓我覺得自己時刻是個有用的人，也許我就是喜歡用忙碌刷存在感吧！

58.《手作》

小時候愛畫畫，但沒有那麼喜愛做手作，可能還沒有耐性。到喜歡上做手作，應該是二十多歲的時候開始。

我不太喜歡由工廠冰冷地製造出一大批同樣的商品。我喜歡逛一些創意小店，淘寶般找出一些獨一無二匠心獨運的小東西，我很欣賞別人花上心思的創作，並感恩創作者自己花時間心力動手做，每一件手作，都是如此獨特和充滿情感！

出於欣賞之情，我開始想像整個由零到有的創作過程，也就開始嘗試自己也動手創作，因爲整個設計及製作，都是貫注了自己的很多的心血與靈魂；每次做手作的時候，我都很專注，並抱著期待成品的心，在那份專注中我找到了難得的寧靜！最後，當做出來的東西有人欣賞，更是有種找到知音人和你分享感受的感覺！

所以當你看見我在手作攤檔，擺賣自己的完成品之時，其實我把它當作一場展覽，來看我製成品的人，都是一場交心的相遇，那個擺攤位的我，是快樂的！是自在的！

如果有興趣，歡迎進入我的手作世界。

IG 是：everythingicherish

什麼是存在的證明？

59.《短暫》

人生很短暫，感覺像一閃而過！

你很難想像你的爺爺，也曾擁有過像我們的孩童時代，但對於他來說，那彷彿只是昨日的事！我也仍然覺得我的中學時代，就只是發生在幾天前而已；可是轉眼間，花樣年華便過去了！

經常聽到的道理是，把握有限時間，令生命發光發熱！問題是到底要如何發光發熱？

我的姑媽，是我由細到大都非常尊敬的人，她對我說的許多道理，我都一直放在心上，她也是一位虔誠的基督徒。有一次，姑媽正在和我談及人生短暫這回事！

她對我說：「人生雖然短暫，但只要我們在離開的那天，回望這個人生，能夠做到榮神益人便無悔，看著很多人因為你的出現而受益，那就可以笑一笑，放心閉眼了！」

什麼是榮神益人？就是你的作為可以榮耀神，你做過的事，可以令很多人因為你而受益，因為你的曾經出現，而開心快樂並有所得著！

我一直把這句說話放在心，並努力實行，但願我可能用現有的能力，幫助到更多的人，因為我的出現，而令人快樂過！

每個人都知道珍惜的道理，
可是後悔這回事，
卻每分每刻都在發生！

60.《時間》

看書的時候，看到一段說話，太有道理：「時間，是世上唯一公平對待每個人的事物，他給予我們相同的速度。而我們運用時間的方式與態度，也決定你做人處事的高度。」

我是用盡每一分每一秒的人，有追蹤並留意我社交平台的人，看到我不同的出帖時間，都不約而同地問我：「你不用睡的嗎？」其實我得承認我好變態，我有一種想法就是，只要一睡覺，我得承認自己的這一天便眞正結束了！

因爲「時間眞是過得太快了」這個想法，經常在我腦中迴轉，使得我更想每天可以再多幾小時就好了！但無論你再怎麼珍惜你的青春和時間，唯一的現實是，他們都總要走！（哭）

於是，我想了一些自己的方法來企圖留住它，就是拍多些影像、拍多些照片，錄製幾首屬於自己的歌，寫幾本書，好讓我可以用時間，製造出永遠保留的回憶！

爲了不讓時間白白流逝，我會經常提醒自己要活在當下，你的日子才沒有白過！也不要讓時間花在不值得的人和事上，例如那些只會令你生氣和給你壞情緒的人，就遠離他們吧！不要花太多時間在難過和悲傷上，因爲你的時間，只值得花在更有價值和快樂的事情上，以及花在眞正需要你的人上。

61.《本質價值》

多年前，曾經報讀過一個「純藝術」課程，雖然因爲拍劇的緣故而不能經常上課，但有一課，慶幸自己沒有錯過。那天，老師教導我們什麼是市場價值和本質價值。

市場價值，就是市場上已經被認定爲有價值的，例如：名牌子、名錶、名車，於是大部份人都想追捧；而本質價值，就是那些在市場上，可能沒有什麼價值，但它的本質可能非常可貴和有價值！那你有想過我們一直著重的，是市場價值，還是本質價值？

其實我們都很容易受他人影響，當其他人都認爲是有價值的，很自然，你也會認爲是有價值；當其他人都認爲沒有價值的，你也很難認爲，這會是有價值的！因此，市場價值其實是建基於群衆的認同，而非事件的本質。

但我們需要思考的是，眞正的價值，並不是由包裝及市場認同而來，而是得靠我們細心發掘，用心領會！可惜世上大部份人，都輕易被市場價值牽著走，而最可悲的是，就連一個人的價值，大部份人都會以名氣大小、財富多寡、以及地位高低等這些市場價值觀，來衡量一個人！

但有否想過，有些人，雖然貧窮卻心地善良，堅強並願意承擔，努力打工賺錢孝順父母，這些人可能更值得我們尊重；有些人心中懷有遠大夢想，一直堅持不放棄，勇於放下高薪厚職來活出真意義，也許這些人更難能可貴！然而，這個世代會欣賞他們的人不多！太多人，都不太在意別人付出過多少心血，而只會用結果輸贏來看一個人，來判定一個人的價值！這樣真的好嗎？

或許我們應該細心思考，人生在世，你會選擇崇尚哪一種價值？而哪一種價值，才更值得讓我們追求？

Chapter 5

由心出發

62.《放空》

經常被別人拍到我在發呆的照片，大家都很好奇我是在放空？還是想事情？

有時候可能是因爲太累了而放空一會；有時候，眞的是想東西想得太投入了。我是屬於那種個性敏感，和想像力較豐富的人！看見些什麼，又會突然瘋狂地聯想，而最終不知道靈魂飛去哪兒了！

我的聯想可以是很瘋狂，時而悲觀，時而美好，時而抽象。抬頭看著天空的雲，覺得很美、很舒服之際，霎時間，卻像看到隱藏在天空背後，那無盡未知的時空和領域，心裏又會突然覺得可怕。

有些時候，想認眞讀讀歷史書，卻會認眞幻想起當時的人怎樣生活；想著想著，又會想像到其實從前的那個世界，現在就存在於我們未知的另一端，繼續運行；同時，也有著無數個笑著、哭著的自己，正在不同的時空，過著自己非常懷緬的日子，以及做著那些無法改變又很後悔的決定；想著想著，又會想到自己可能下一秒就不存在，然後會揣測和想像自己的死亡，世界卻仍然運行，飛快地便過了幾百年，那時候，又有另外一班新一代人類，正在看著我們的歷史！

就這樣無窮無盡地不停想像，想得累了就放空，這種過程叫我很享受，朋友經常說：

「眞不知道你的腦袋在裝什麼？」

從前的我，很想將那千奇百怪的想法，都說出來和身邊人分享，但每次都不太能夠得到別人的認同，有時還會被人家說：「你是傻的！」漸漸就習慣不如不說罷了。

但這種習慣，卻令我對任何事情都覺得有趣新鮮，你有你覺得我傻，我有我繼續自得其樂！

感謝您，願意聆聽我！

63.《出走》

生活在繁瑣困迫的都市，總會經常泛起一種出走的念頭。

小時候，很想出國成爲工讀生，什麼地方都可以，重要是能夠與不同地方成長的人交流想法，又可以體會不同的風土人情，我想這樣總可以令自己眼界開闊一點，但當時卻因爲種種原因，未能實現。

在我十八、九歲的時候，這個想法更強烈，我曾經努力儲錢，想密謀在家人都不發現的時候，就這樣任性地跑離家一段時間，最後我當然做不出來，可是這個出走的想法，卻不停在心裏蠢蠢欲動……

有一次，我急需「換氣」，於是跟我一位要好的旅遊記者朋友，一同去了一趟台南旅遊，跟著她旅遊的好處是，除了有人分付房租，每次跟著她，都可以到處去採訪當地一些特別的人或事，讓我增廣見聞，和自己跟其他朋友去旅遊完全不一樣；難得可以用不同角度，更深入了解當地人的生活文化，某程度來說，可能這才算是一種眞正的旅遊。當然有些時候，我也會幫忙做模特兒，來答謝一下朋友的照顧！

那一次，我們走訪了台南當地，不同特色的民宿主人。他們都有著獨特的想法與個性，而這份專屬於他們的個性，自然而然地融合了他們所建構的民宿，每位來投宿的客人，在走進房子的那刻，彷彿已跟民宿主人們的精神思想，有著一次美好的交會。

最令人佩服的是，有部份的民宿主人，可以毅然拋棄本來不錯的工作事業，爲的是要過自己眞正想要的生活。如果想效法，就先存一筆足夠金錢，然後買一棟民宿。這樣的一棟民宿通常有四層，地下那層用來做自己的創作，或創立自己一直想做的小生意，樓上用來作民宿出租，每層大約有千多呎。說到這裏，相信大家最感興趣應該是一棟民宿的價錢，當時那個價格很便宜，連裝修費，大約四百萬港元，相比在香港，這個價錢應該只可以買到二百呎的房子吧！這確實像有一把聲音，不停呼喚我：「去吧！」這種可以在清幽環境，做著自己喜歡的事情，過著沒有壓力的生活，眞的令人嚮往！

除了跟著朋友採訪，我也會找些時間，獨個兒到想去的地方逛逛！這樣很好，因爲跟一班朋友去旅遊，當然是要時刻黏在一起瘋個夠！但當你自己一人身處外地時，我不知道你會否也跟我有著相同感覺，就像頓時全身開竅、打通經脈般，許多千奇百怪的想法和計劃，像千軍萬馬在腦海中奔騰！這些點子平時困在自己生活的框框裏，不可能發生！

單是這一點，令我更希望可一嚐眞正出走的滋味！若繼續在本來的地方生活，即使一年後，相信變化也不大，或許只是更疲累吧！相反，我完全不能想像出走一年後的我，變化將

在我無能為力的時候，
閉上眼睛深呼一口氣，
風景都已經不一樣了！

會如何，這是相當有趣和叫人期待的！

所以我有一個心願，就是可以拋開一切，到外地流浪一段時間，可能是西藏、土耳其、台南、東歐……什麼地方都好！雖然現實是悲哀的……有很多事情我還未能放下，但我相信在我還有力氣的時候，也要一圓這個心願。突然想起《在世界中心呼喚愛》電影的女主角，在臨死的時候，也只想到他方一行，卻未能達成；後來死後，男主角帶著她的骨灰，走到世界中心為她圓夢。看來我也要把握光陰，趁自己還有力氣的時候，就要出走一趟！

64.《耕種體驗》

雖然經常去旅行，但最難忘的一次，可以算是十年前的一躺耕種體驗之旅！那時候，我跟三位朋友，總共四位女生，一起去了台中的「美麗的有機農場」過了五天的耕種體驗之旅，那是一次非常實在和美麗的旅程！

美麗阿姨是農場的創辦人，她會接待不同的人到她家裏住，提供食宿，但交換的條件很簡單，就是幫她打工。我們那幾天，就住在她位於台中山上的家，但住在她家便要遵從她的規矩。

每天早上五時，我們便要起床，吃完早飯，便到農地耕種，或是幫手做包裝生果等工作，工作過後如果有時間，美麗阿姨便會帶我們去看一看當地的風景，或者到市場逛逛，那邊的風景很值得看，因爲當地人都崇尚自然，一切都很有當地的本土風味！

但美麗阿姨的家，沒有空調，沒有電視機，沒有網絡，連睡床上也沒有床墊，所以睡的是床板；被鋪和枕頭都是非常殘舊。每天晚上吃完飯後，我們都要幫忙洗碗，如果餸菜還沒有吃完，那明天便要繼續吃，直至吃完爲止，才有新的餸菜。而每碟餸菜的材料，都是由美麗阿姨自己種植的有機瓜菜，沒有用上什麼調味料，卻更能吃得出農作物本身的清甜。

我們除了要輪流幫手洗碗，也要幫忙收集廚餘，有些廚餘要幫忙分發給屋外庭園的幾隻狗狗，牠們會很熱情地歡迎你，這是我最喜歡的工作之一。在那裏生活，你會感受到從未嘗試過的恬靜，原來生活可以這樣簡單而樸實！

在那短短幾天的生活，你可以實實在在地感受自己，思考自己內心眞正的需要！美麗阿姨教了我一個簡單但很難實踐的大道理——「認眞工作，認眞吃飯，認眞玩樂」，你會發現整個人將會少了空虛，多了踏實。

剛好在最後那一天，美麗阿姨要外出處理她教授的工作，所以我們都不用耕種，她特地安排了我們到當地一家醫院做義工，工作性質是幫助當地的公公婆婆們免費量度血壓和體重。公公婆婆看見我們幾個年輕人，頓時露出愉快的笑容，並開始和我們訴說他們的年輕往事。這個旅程就在那一個愉快的上午作結，非常圓滿。

一場踏實的旅程，活在當下，悠然充實，腦中從未如此清淅，雖然只是住上了好幾天，我們都覺得身體強健了，精神也好了，整個人像重生了一樣。這是我其中一次最愉快的旅程，希望在將來的日子，再有機會過去農場探望美麗阿姨。

「這是一個可以享受自然，分享資訊，談談人生，看看天空的地方。有我們的堅持，也歡迎你們的加入，讓我們一起爲環境努力打拼。歡迎打工換宿，一起享受自然美好的人生。」

——節錄自「美麗的有機農場」簡介

有時候很想，
找一個星球，然後一個人住。

像我這樣堅強的一個人，
也會有脆弱不堪的時候，
那一面的我，你願意擁抱嗎？
而我又願意讓誰來看見？

65.《生病》

雖然自己也是挺活潑的人，但卻經常被貫以「豆腐人」之名，原因是我很容易便生病或受傷，一直以來，我都不是身體強健的人，小時候家人叫我「藥煲」，因爲我很容易便會發燒、感冒、氣管炎，咳嗽更一直持續不好！

到現在，我每個月最大的開資，差不多都是拿來看醫生。特別是入行當演員後，可能工時長、壓力大、睡眠的時間少。基本上每次完劇，在意志力薄弱下，都會突如其來地大病一場！

記得有一次，劇組安排了一整天在租來的場地拍攝我的戲份，爲了爭取時間，凌晨五時便要開始當天的拍攝工作，一直排到晚上，連續十場戲。本來想有好狀態，可以好好地專注演出，我卻剛巧遇上嚴重的腸胃炎。基於責任，我也說不出口要請病假，於是只能「頂硬上」。每逢未埋位時，我就躺著一動也不動來補補元氣，其實也是因爲痛到動不了，每次導演叫埋位，我便用意志力撐著，結果順利完成了當天的十場戲，幸好出來的表現，也可以騙到所有人！

但我深深明白到，如果要做好想做的事情，就必須要有更好的身體來應付！

66.《困擾》

前幾年，感情生活不順，工作壓力很大，情緒一直受到壓抑。可能因爲這樣而患上了嚴重的子宮腺肌症及內膜異位，在我的子宮肌肉層內，長了一顆很大又不能切除的肌瘤！這是近幾年來，令我最困擾的事！

這個肌瘤的存在，令我下腹和背部每天都背負著疼痛，那時，我趁著做完手頭上的工作，便向公司請了三個月的長假，打算散散心，看看可否令病情稍爲好轉！

結果在不用工作的情況下，反而更專注於自己的病，而令心情更差，幾星期以來，每天足不出戶躺在床上，把房燈都關掉，提不起勁做任何事，不想見任何人，回想起當時，應該是我有生以來，情緒最差的時期！爲了令自己振作，便跟朋友出走去冰島，因爲旅行可以讓你感受到天地之大，自己之渺小，人也沒有那麼胡思亂想，一切問題應該都可以想通，應該都有一條出路吧！

回香港覆診時，卻發現肌瘤生長的速度遠超於醫生和我所想像，每個月它就大一厘米，醫生更懷疑會不會是惡性，於是全身麻醉來做了一次更詳盡的組織檢驗，幸好不是惡性，但醫生說：「如果你現在還未打算生孩子，再過些時間，應該很難有孩子了！」話一到耳邊，眼淚完全不受控地流下來，一直哭著走到大堂！因爲組織家庭，生個可愛小孩，是我從小一直渴望的事，我心底十分渴望可以擁有一個完整家庭！

我很感謝當時的護士們給我遞來一盒紙巾！我也很感恩遇到一位基督徒的士司機，聽到我在哭，而給予我保健餐單和安慰，非常感恩身邊一直充滿著許多守護天使！

67.《取捨》

後來，我做出了決定！我接受了超過大半年的針劑藥物注射治療，注射後，會有很重的副作用，包括潮熱、情緒不穩，而日後亦將會出現骨質疏鬆等副作用，所以不能長期注射。醫生說，建議每個人最多只能注射六枝的份量，一個月注射一枝，半年爲止。到最後，也是因爲忙於工作，而注射了七枝！

這些針劑藥物可以讓身體上的雌激素和女性荷爾蒙完全停止分泌，希望因此而令肌瘤萎縮；但其實這個是治標不治本的方法，因爲當停止打針後，身體變回正常，肌瘤又會再長大，所以要好好把握肌瘤萎縮到最小的時候，就要準備懷孕，如果錯過了這次，也不容許有第二輪的針劑注射！

我一直不確定，結婚生小孩會否令我的事業完結，雖然說年代已經不同，但我這十多年來可是一直都沒有停過，我問自己眞的準備好了嗎？但我知道要不是這個病提醒我：「其實年紀不少，也差不多是時候了！」可能我到現在還是不停地工作，繼續擱置結婚和生小孩的事，最後，便把一切都錯過！

所以當時打了第一針後，我就什麼也沒有想，只管努力把握這半年，做盡自己想做的事，那時候剛好接拍了《三個女人一個因》，飾演心理學家邊小豆！當時，我跟司徒夾帶說，我可能半年後就要結婚生孩子了，不如出一本寫眞做個紀錄，留個倩影吧！所有事情都是隨意做，沒有想太多，我的寫眞裏，寫下了這樣的一個序：

「每一瞬間，一閃卽逝，在心裏卻留下痕跡；每一次的曾經，拼湊成一個獨特的你，一個不一樣的我，曾經有這麼的一次相遇，就夠了！」

很多事情，讓我經歷一次，在心裏留下可以回憶的痕跡就夠了！人生眞的是充滿驚喜又令人矛盾，可能因爲當時的我比從前更努力積極吧！在那個時期，事業有了起色，那可算是我十年以來最受歡迎的時刻吧！寫眞的出版也反應熱烈，當時亦馬上有兩部電影，邀請我擔演女主角，我都狠下心推辭了。什麼嘛？根本就是「想事業更上一層樓？還是組織家庭？」的抉擇，要是我繼續選擇事業，那今天應該不會有 Riley 和現在的家庭！

之後我幸運地懷孕了，肚子大得太快，也比正常大，爲了胎兒健康，我再辭演了一套電視劇的重要角色。決定辭演的那個晚上，內心有種說不出的難過，要親自放棄一個一直以來，等待多年而終於要達成目標的機會，你知道有多難嗎？

然後，潘嘉德監製傳訊息給我！

「留得青山在，哪怕無柴燒？你對自己咁無信心？」

「第日話俾 BB 聽，爲咗生佢，媽咪犧牲好多㗎！哈哈哈哈！好偉大啊！」

看完，我笑了！謝謝一直以來都很疼愛我的德哥，安慰著那一晚難過的我！

那天晚上，我的先生見我難過，也難得地說了一番很有道理的說話，他跟我說：「孩子也是你一直想要的，人生就是如此，選擇了一樣，就要犧牲另一樣！你要記住，你現在也是在做著自己想做的事情呀！」

那晚之後，我再沒有想過多餘的事情，只是不斷感恩神給了我一個身體健康、聰明可愛的孩子！到現在，我真的很感恩還有你們的支持，我真的非常幸運，原來許多時候，都是自己往牛角尖裏轉，只要退後一步，風景仍在！

當我回頭看你的時候？
你還在嗎？

幽泉閣

最後，未完

68.

《眞正的需求》

有沒有發現，許多時，我們只知道自己不想怎樣，不要什麼，卻無法眞正知道自己想要什麼？你知道自己想要一個怎樣的未來嗎？

有種人，看到別人擁有什麼，生活怎麼走，就會以爲那也是自己想要的！結果一直在走別人的路，而錯過了自己眞正的需要和想要的生活。

然而，自由和順從本性的生活，才能解放桎梏的靈魂！有些人，總覺得一切不順心，歡笑過後，回到家裏，卻有種失落與哀愁！有去了解一下自己的需求與本性嗎？人生只有一次，何不活出眞正的自己？順從本心，去享受一次眞正的自由吧！

也許我們都需要一種實踐的勇氣，不管是一種生活的風格，或是喜歡的工作類型，還是你想要的未來，繼續走！繼續走！對自己來一場深深的挖掘，拿出堅持和勇氣努力實踐，讓眞正的你釋放出來！

「走下去 這會是傳奇
走下去 尋覓新驚喜」

「如執筆手寫一個段落
而我 仍然是我」

69.
《感激》

感激購買這本書的你，
如果你是由頭一直看到這最後一章，
我眞的不知道該如何表達，
對你的感謝！

其實這本書裏的一切，
我都沒有特別編排，
我只是用了一個最眞實的自己，
和你分享那些最眞實的想法，
可能當中一些想法太稚氣，
文筆也不如專業的作家般有文氣！
我只是單純地
想讓你走進我眞實的內心世界！
感謝用上寶貴的時間，

傾聽我的胡言亂語！

感謝大家多年來對我的偏坦和愛護，
我會繼續用上我的眞誠和努力，
報答你們每一位的疼愛與支持！

無限感激！

2019 年 5 月 10 日凌晨 3 點 34 分

特別鳴謝

髮型 / Kocher Yau @ Kanzaki For Hair
部份造型 / Cheuk Ng
部份化妝 / Namnam Lam

攝影 / Dekka Ip
攝影 / Kirk Cheung
攝影 / Holman Yu
攝影 / 司徒夾帶
封面攝影 / Kirk Cheung
相片後期 / Mody Mok
封面照後期 / 技安

作者 / 孫慧雪
校對編輯 / 首喬
封面設計 / Ricky Leung
排版設計 / joe@purebookdesign

出版 / 孤泣工作室
新界灰窰角街 6 號 DAN6 20 樓 A 室

發行 / 一代匯集
九龍旺角塘尾道 64 號龍駒企業大廈 10 樓 B & D 室

承印 / 美雅印刷製本有限公司
九龍觀塘榮業街 6 號海濱工業大廈 4 樓 A 室

出版日期 / 2019 年 7 月
ISBN 978-988-79447-8-2
定價 / 港幣 $118

孤出版

孤出版
lwoavie.ph